La partie n'est jamais nulle

DANS LA MÊME COLLECTION

En l'absence de l'auteur
David Czuchlewski

Crocodile fury
Beth Yahp

Londres – La biographie
Peter Ackroyd

Infiltration
Yehoshua Kenaz

Une vie en chute libre
Robert Chalmers

Infidèle
Histoires de Transgression
Joyce Carol Oates

Les mots étrangers

Icchokas Meras

La partie n'est jamais nulle

roman

Traduit du russe
par Dmitri Sesemann

Stock

TITRE ORIGINAL :
Lygiosios Trunka Akimirka

Collection dirigée par Gila Lustiger

1
Ouverture

1

Lorsque les pièces furent disposées, Schoger, les yeux mi-clos, fit une pause, puis s'empara de deux pions, l'un blanc, l'autre noir. Il les enferma dans ses paumes jointes et les secoua à plusieurs reprises.

– À qui le premier coup ? À moi ou à toi ? demanda-t-il.

Ses oreilles tressaillaient, sous les cheveux rares et lissés la peau blême était parcourue de frissons.

Il était excité.

« Si j'étais indien, se disait Isaac en le regardant, j'aurais certainement coupé ce scalp dégoûtant. »

– Tu ne sais pas ? demanda Schoger. – Il tendit les mains. – Si tu ne sais pas, je vais te le dire. Tout est loterie dans le monde. Les échecs sont une loterie, le monde est une loterie, et ta vie aussi est une loterie.

« Il est le maître ici, ça ne l'empêche pas d'avoir peur », pensa Isaac.

– Tu sais, tu peux choisir. Je t'offre les noirs. À la loterie, on perd le plus souvent.

– La main gauche, dit Isaac.

– Alors, regarde.

Schoger desserra les doigts. Le pion était blanc.

– Chance de Juif, ricana-t-il. Ce n'est pas ma faute, tu as choisi toi-même.

« Est-ce vraiment la mort ? se demanda Isaac. Je ne veux pas mourir. Est-ce qu'il y a au monde un seul homme qui veuille mourir ? »

Toujours est-il qu'il avait les blancs.

Il plaça correctement l'échiquier, lui jeta un regard et fit le premier coup.

2

Savez-vous comment brille le soleil au printemps ? Vous ne le savez certainement pas. Comment le sauriez-vous, d'ailleurs, si vous n'avez jamais vu sourire Bouzia.

Le soleil du printemps brille comme le sourire de Bouzia, et son sourire est aussi radieux que le soleil du printemps.

Je le sais, car je l'ai vue hier. Je suis saisi à l'idée de ne l'avoir remarquée que maintenant. Elle habite tout au fond d'une ruelle sombre, à l'autre bout du ghetto.

Tout ce temps-là, j'ai été un vulgaire imbécile. Je ne savais pas que Bouzia vivait à l'autre bout du ghetto.

Elle allait avec ses amies.

Sidéré, je l'ai regardée, puis je me suis arrêté et je n'ai pas pu en détacher mes yeux. Alors elle a ri. Elle a haussé ses frêles épaules, comme si elle ne comprenait pas ce que je faisais sur son chemin. Elle a ri et elle est passée.

Puis elle s'est retournée, et j'ai revu son sourire.

Maintenant je sais comment brille le soleil du printemps. Il brille comme le sourire de Bouzia, et le sourire de Bouzia, c'est le soleil du printemps.

Hier encore j'ignorais son nom. Mais je l'ai vue et je me suis souvenu du *Cantique des Cantiques* de Cholem Aleichem.

Je me suis souvenu du premier livre que j'ai lu étant enfant, et j'ai donné à l'inconnue le nom de Bouzia – nom de la jeune fille du *Cantique des Cantiques* et pour moi-même j'ai pris le nom du garçon de ce livre, Schimek.

J'aurais voulu que n'existent pas les venelles du ghetto, clôturées d'une haute muraille.

J'aurais voulu ne pas voir autour de moi tous ces gens portant l'étoile jaune.

J'aurais voulu que nous fussions petits, et rien que nous deux, Schimek et Bouzia. Que nous fussions assis dans un vaste pré, sans commencement ni fin, dans l'herbe verte et moelleuse, et que je puisse raconter...

« ... Bouzia est un diminutif : Esther-Liba, Libouzia, Bouzia. Elle est mon aînée d'un an ou deux, et nous n'avons pas vingt ans à nous deux. Maintenant, donnez-vous la peine de calculer mon âge et celui de Bouzia... »

Savez-vous où je me trouve en ce moment ?

À l'autre bout du ghetto, tout à l'extrémité de la ruelle où habite Bouzia. Je suis assis sur une marche de pierre polie. Une curieuse fraîcheur s'en dégage et s'insinue dans mon corps, mais je ne me lève pas. Peut-être ce froid est-il un reste de l'hiver qui n'a pas encore fondu dans la tiédeur du printemps, mais je n'ai pas froid. Je suis bien. Si maman était encore en vie, elle aurait rajusté son mouchoir de tête soigneusement noué et aurait levé les bras au ciel :

– Isaac ! se serait-elle écriée, Isaac, tu es déjà un jeune homme, un garçon à marier, et te voilà assis sur la pierre froide comme un gamin ! Tu es déjà presque un homme, le ciel nous garde du mauvais sort, et je te vois rentrant à la maison avec une maladie toute prête, que le ciel te préserve !

Je suis assis. Je suis bien.

Nous revenons à peine du travail. Je me suis lavé, j'ai mis ma belle chemise bleue, je suis accouru ici, vers ces marches de pierre.

J'attends. J'attends que paraisse Bouzia.

Quand on est assis sur les marches de pierre à l'entrée d'une maison, on entend tout : chaque pas, chaque froissement, le moindre bruit. Une porte claque, et je crois que c'est Bouzia. Des pas bruissent, et je crois que c'est Bouzia. Des degrés de bois craquent, et je m'attends à voir paraître Bouzia.

Elle n'est pas là, elle ne sort pas. Peut-être que Bouzia n'existe pas ? Peut-être ai-je cru revoir le *Cantique des Cantiques,* le premier livre de mon enfance ?

De nouveau la porte claque, des pas bruissent et les vieux degrés de bois craquent. Elle va paraître. Il ne peut pas en être autrement.

Oui, c'est Bouzia.

Je me lève d'un bond, je la dévore des yeux et je ne sais que dire. Tous les mots sont confondus, mêlés dans ma tête, et je ne peux pas en trouver un seul. Elle a les cheveux cendrés. Elle a de grands yeux bleus qui me regardent, muets et étonnés.

Je dois articuler au moins un mot.

Et je l'articule.

– Bouzia ! dis-je, et pour un peu je me moquerais de moi-même.

Elle rit effectivement.

Elle a des dents blanches qui brillent comme des perles. Ses lèvres sont vermeilles comme des rubans écarlates, et ses joues sont épanouies comme des coquelicots.

– Qui es-tu ? demande-t-elle.

Et de rire encore une fois.

– Isaac, dis-je précipitamment. Isaac Lipman, mais appelle-moi Izia.

Elle ne rit plus, elle écoute.

– Viens, petite fille Bouzia, lui dis-je. Je vais te raconter qui je suis.

– Pourquoi tu m'appelles Bouzia ?

– Viens, je vais tout te raconter.

Elle vient avec moi.

Je veux m'en aller loin avec elle, très loin. Je veux que nous allions dans un grand pré et que nous soyons assis dans l'herbe moelleuse, l'un en face de l'autre. Je lui raconterais tout ce qu'elle voudrait. Mais nous n'avons pas de pré et il est impossible de s'en aller. Il y a des sentinelles à l'entrée.

Tant pis. Nous pouvons aussi bien nous asseoir dans cette cour. Ici, personne ne nous gêne, il y a une caisse en bois et un gros rondin. Nous pouvons nous asseoir n'importe où et nous nous croirons dans un pré en fleurs, odorant, sans fin.

– Pas vrai, Bouzia ?

Elle ne répond pas.

Nous entrons dans la cour et nous nous asseyons. Moi sur le rondin, elle sur la caisse. Elle se perche sur la caisse, enlace ses genoux et appuie son menton dessus. Je souris. J'avais justement envie qu'elle soit assise comme ça, les genoux hauts. La robe ample recouvre ses jambes, les cheveux cendrés sont épars sur ses épaules. Je pourrais rester très longtemps à regarder Bouzia. L'envie de raconter des histoires m'est passée. À quoi bon raconter, quand on peut simplement rester à se regarder.

Mais elle veut parler, savoir qui je suis.

– Qui es-tu, Izia ? demande-t-elle, et deux diablotins rieurs surgissent dans ses grands yeux bleus.

– Je suis Izia. Je suis Lipman. Je suis né ici, dans cette ville, mon père est tailleur, et il y a sur ses doigts plus de piqûres d'aiguille que d'étoiles dans le ciel.

Bien sûr, j'aurais pu lui dire que mon frère est un philosophe, qu'il a été étudiant à l'université, mais qu'il n'a pas terminé ses études, à cause de la guerre.

Bien sûr, j'aurais pu ajouter que ma sœur est Ina Lipman qui chante merveilleusement et qui, jadis, avant la guerre, a fait le tour du monde ou presque.

J'aurais pu raconter, raconter sans fin.

Vaut mieux pas. Elle pourrait croire que je fanfaronne, que je fais l'important. Elle pourrait se fâcher, se lever et partir, me laissant seul. Et de nouveau, je penserais que Bouzia n'existe pas, que je l'ai inventée, avec le *Cantique des Cantiques,* le premier livre de mon enfance.

– Ina Lipman, c'est ta sœur ? demande Bouzia.

– Oui.

– La vraie ? La chanteuse célèbre ?

Je réponds précipitamment :

– Oui, la vraie. Mais ça n'a aucune importance, n'est-ce pas ? Elle, c'est elle, ma sœur, et moi c'est moi, Izia.

Elle approuve, et je suis content. Elle hoche la tête très vite, ses cheveux blond cendré remuent, comme les vagues douces de la rivière, comme les blés mûrs dans les champs.

Ne m'en veuillez pas. J'ai menti.

Je ne l'ai pas fait exprès.

J'ai dit qu'elle était mon aînée d'un an ou deux et qu'à nous deux nous n'avions pas vingt ans.

Ce n'est pas vrai. Simplement, je voulais que ce soit vrai. Comme dans le *Cantique des Cantiques.*

En réalité, nous sommes déjà âgés, l'un et l'autre. Et c'est moi l'aîné, pas Bouzia. Elle a seize ans, moi dix-sept et demi. Maintenant, c'est facile de calculer combien nous avons ensemble. Trente-trois et demi. C'est beaucoup, n'est-ce pas ?

Nous comptons ensemble.

D'abord, je plie un doigt, un autre, tous les doigts d'une main, puis je plie rapidement tous les doigts de l'autre, et il m'en manque. Alors, je prends doucement la main de Bouzia et je plie ses doigts. Mais nous manquons tout de même de doigts, parce qu'il y a beaucoup d'années.

Nous rions, parce que cela fait beaucoup d'années, plus que de doigts.

Elle dit :

– Même s'il y en avait assez, on ne pourrait pas compter. Un doigt, un an. Et la moitié d'une année ?

Je ne ris plus. Je me tais.

Nous pourrions compter tout de même.

J'ai une moitié de doigt, seulement elle ne l'a pas remarqué.

Cela s'est passé il y a longtemps, il y a un an. À l'entrée du ghetto, il y avait une poutre de fer. Schoger m'a appelé et m'a ordonné de la soulever. J'ai détaché le bout de la poutre de la chaussée et j'allais me redresser, mais Schoger a crié et a sauté à pieds joints sur la poutre. Je n'ai pas eu le temps de retirer un doigt.

Nous pourrions compter nos années, mais je ne veux pas. Je serrerai le poing gauche, et Bouzia ne saura pas que nous pourrions compter la moitié d'une année aussi.

Je ris encore. Puis je demande :

– Comment t'appelles-tu, Bouzia ?

– Esther.

De nouveau, elle enlace ses genoux et appuie son menton dessus.

– Moi aussi, je suis née ici, dans cette ville. Seulement, je n'ai ni frères ni sœurs. J'avais bien un frère aîné, mais il ne vit plus. Papa est médecin, maman infirmière. Ils travaillent beaucoup tous les deux, le jour et la nuit. Ils travaillent à l'hôpital du ghetto, et c'est très dur. Tu sais bien que les Juifs n'ont pas le droit d'avoir des maladies infectieuses. Mais ces maladies sont très répandues. Alors papa, maman et tous les autres soignent les gens en inscrivant de faux diagnostics.

Elle parle, mais je n'entends rien.

– Comment t'appelles-tu ? lui redemandé-je. Comment as-tu dit ?

– Esther.

Je suis stupéfait.

– Et Liba aussi ?

– Non, seulement Esther.

– Ça ne fait rien ! Tu t'appelles Esther-Liba.

Dans ses yeux des diablotins se remettent à sautiller.

– Tu as envie que je sois Bouzia ?

– J'ai envie que tu sois Esther-Liba, Libouzia, Bouzia... Et moi, je te raconterai toujours la même histoire, du *Cantique des Cantiques*.

– Mais alors il faut que tu sois Schimek ?

– Je serai Schimek. Tu veux écouter ?

– « ... *Je suis Schimek, et j'avais un frère aîné qui s'appelait Benia. Il tirait très bien à la cible et nageait comme un poisson. Un jour, en été, il se baignait dans la rivière et il s'est noyé. Il n'a pas fait mentir le proverbe qui dit : "Tous les bons nageurs meurent noyés." Il a laissé un moulin à eau, deux haridelles, une jeune veuve et un enfant. Nous avons refusé le moulin et vendu les chevaux. La veuve s'est remariée et est partie, très loin. L'enfant, nous l'avons pris. C'est Bouzia.* » Tu m'entends, Bouzia ?

À ce moment, j'entends une voix :

– D'où nous vient donc ce jeune Cholem Aleichem ?

C'est un garçon aux cheveux lissés, avec une étoile jaune sur la poitrine. Il me regarde dans les yeux, avec une mine roublarde qui le fait ressembler à un vieux.

– D'où sors-tu, Cholem Aleichem ? demande-t-il.

Je me lève, m'approche de lui et lui dis :

– Je suis Izia, Isaac Lipman. Je ne suis pas Cholem Aleichem. Tu vois bien que j'ai les cheveux courts et que je ne porte pas de lunettes. Et toi, qui es-tu ?

– Janek.

Et il rit.

– C'est un diminutif ?

– Hm ! répond-il.

– Tu t'appelles sûrement Yankel ?

– Hum !

– Quel est ton prénom complet ?

– Janek, répond-il.

– Jamais entendu un nom aussi bizarre.

– Et « sang de chien », tu as entendu ? Je suis polonais, fit-il en s'esclaffant, et je m'appelle Janek.

En effet, il ne parle pas le yiddish comme nous. Et il pourrait parfaitement passer pour un Polonais. Mais alors, pourquoi est-il dans le ghetto ?

Janek et Esther rient. Ils sont contents, et je ne comprends rien.

À ce moment, mon père entre dans la cour. Il a l'air inquiet.

– Te voilà enfin ! J'ai fouillé tout le ghetto ! Aide-moi à retrouver Ina. Où est-elle donc fourrée ? Viens, Izia, viens.

Mes nouveaux amis ne rient plus. Ils nous regardent partir. Je leur fais un signe de la main et je vais chercher Ina avec mon père.

Où est-elle donc passée ?

2
Cinquième coup

1

Sans hâte, Schoger déplaça le fou, délicatement avec deux doigts, comme s'il manipulait un objet précieux.

« J'ai mal joué l'ouverture, pensa Isaac. Je ne suis pas en forme aujourd'hui. À qui la faute ? À moi ou aux autres ? »

– En ce qui me concerne, dit Schoger, je donne la préférence à l'attaque en lenteur. Comme on le sait, la guerre éclair n'est pas toujours couronnée de succès.

« Où veut-il en venir ? se demande Isaac. Est-ce moi ou lui-même qu'il cherche à rassurer ? Schoger pourrait jouer bien mieux s'il ne pensait pas tant qu'il est obligé de gagner. Comment est-ce qu'il a dit ? Une loterie...

« Les échecs sont une loterie ; le monde est une loterie, et la vie aussi est une loterie.

« Pourquoi suis-je là, en face de lui ?

« Risque et loterie.

« Serait-ce la même chose ? »

2

– Ma femme a donné naissance à une fille, Ina, a dit Abraham Lipman.

3

Deux sentinelles veillent en permanence à la grande porte. L'un est un soldat allemand, l'autre un *polizei* du ghetto.

Aujourd'hui aussi. Mais aujourd'hui ce n'est pas tout à fait la même chose. La sentinelle ne sera pas allemande, mais tchèque. Je voulais tellement me rappeler son nom et son prénom, mais j'ai oublié. Ils ressemblent à des noms polonais, et les noms polonais aux leurs. Après tout, ça n'a pas d'importance. Je lui demanderai encore une fois et je retiendrai. L'essentiel, c'est qu'hier le Tchèque a consenti à me laisser sortir en ville pour une heure, sans me demander où j'allais ni pourquoi.

Pourquoi suis-je si émue ?

Mes mains tremblent, ma voix tremblerait certainement aussi.

Moi, c'est toujours comme ça, au début surtout. J'ai le trac en scène, j'ai le trac devant les gens, et maintenant encore plus que d'habitude.

Hier, quand je me suis entendue avec lui, le Tchèque avait la tête respectueusement inclinée. Notre Polizei lui a sans doute dit que je suis Ina Lipman. Peut-être est-il de Prague, ce garçon, et m'a-t-il entendue ? Deux fois j'ai chanté à Prague. Il y avait de grandes affiches avec des caractères énormes, mais il y avait plus de lettres qu'il n'en fallait, je ne sais pas trop pourquoi. Il y avait écrit INNA LIPPMANN. Au fond, si ça leur fait plaisir... Ils criaient « *Bis* ! bravo ! bis, Ina ! » et je chantais encore et encore.

Plaquée contre le mur, j'attends la relève des factionnaires. Ils sont tous répugnants, ce ne sont pas des hommes, mais des bêtes abjectes en uniforme vert, et je crains toujours de les frôler par mégarde.

Oui, je vois que le Tchèque est déjà arrivé.

Il est en vert, lui aussi, mais n'a pas le même air. Je le vois, je vois son visage et je ne remarque absolument pas son uniforme. Je ne remarque même pas son fusil. Mais oui, mon Dieu, tout dépend de l'homme, et ce qu'il a sur le dos n'a aucune espèce d'importance ! Comme au théâtre. Je peux mettre n'importe quelle robe, mais je ne suis jamais que moi-même, Ina Lipman.

Quel bonheur tout de même que les Allemands ne soient pas seuls à vivre au monde, à fouler la terre, quel bonheur qu'il y ait tant de gens au monde !

Si je pouvais les rassembler tous dans une grande salle, assez grande pour les contenir tous jusqu'au dernier... J'entrerais en scène et je ne dirais pas qui je suis. Il n'y aurait pas d'affiches en caractères énormes. Tout simplement une femme, un être humain comme eux, qui veut chanter pour eux. Je chanterais longtemps, mes plus belles chansons. Ils m'écouteraient en silence. Je ne veux pas qu'ils crient bis et bravo. Qu'ils m'écoutent plutôt en silence. Je chanterais pour eux comme je n'ai encore jamais chanté, comme je ne chanterai jamais nulle part. Je chanterais pour eux comme je chante ici, dans le ghetto.

Le Tchèque m'a aperçue et il me fait signe.

J'approche.

Il regarde autour de lui.

– Vous pouvez y aller, dit-il. Si vous y tenez. Parce qu'à vrai dire, vous feriez mieux de rester. Restez, et si vous avez besoin de quelque chose en ville, dites-moi, je ferai le nécessaire.

Je hoche la tête.

– Comme vous voudrez, poursuit-il. Seulement faites attention. Quand vous rentrerez, ayez l'œil. Schoger a l'habitude de rôder par ici, le soir.

– Bien, bien, ne craignez rien. Il n'y a rien à craindre.

Je marche à grands pas dans la rue.

C'est la première fois que je suis seule dans la rue. Les bouts de chiffon jaune sont cousus à ma jaquette, et j'ai ma jaquette sur le bras, la doublure dehors.

Je croise un homme et une femme. Je ne les connais pas, mais ils se retournent, une fois, une autre et même une troisième. Des enfants passent en courant. Eux aussi se retournent sur moi. Est-il possible qu'on me reconnaisse encore d'après les affiches qui ont cessé d'exister depuis longtemps ?

Je suis détestable, je le sais. J'ai envie d'être reconnue. Oui, j'en ai envie. Tant de gens, autrefois, m'ont entendue chanter ! Mais je n'ai pas le droit. Je ne dois pas être reconnue. C'est encore l'artiste qui parle en moi. En son temps, Ina Lipman a été une vedette, et il lui semblait qu'elle ne s'appartenait qu'à elle-même. Ce n'était pas ainsi, en réalité, ce l'est encore moins aujourd'hui.

J'entre sous un porche, je sors de ma poche un miroir, mon maquillage et un fichu. Maintenant, personne ne me reconnaîtra, c'est certain. Je peux aller hardiment, la tête haute, et m'imaginer un instant qu'autour de moi il n'y a rien de ce qui existe en réalité.

Non, je ne peux pas.

C'est curieux, mais je ne peux pas me l'imaginer. Je ne peux sans doute jouer que sur scène. Le temps met son empreinte, dure et cruelle, et le maquillage n'y peut rien. Décidément, il vaut mieux ne pas être trop hardie. J'ai encore bien trop à faire, à faire ce qui importe par-dessus tout en ce moment.

Quatre mois d'affilée, en rentrant du travail, nous nous remettions au travail, la nuit, secrètement, de façon que personne n'entende ni ne voie. Nous répétions *Aïda.*

La générale est fixée pour aujourd'hui, pour cette nuit.

Mon Dieu ! J'ai tant de fois chanté *Aïda,* mais ce sera la première fois de ma vie. Nous sommes tous à bout de forces. Nous avons travaillé au-delà des forces humaines. Tout est comme pour de bon, comme dans un vrai théâtre, même les doublures. Ou plutôt non, les doublures, c'est justement le plus important. Au théâtre, il n'y en a que pour les premiers rôles, tandis qu'ici, c'est pour tout le monde : les premiers et les autres, les figurants et les choristes. Chacun a sa doublure, même dans l'orchestre. C'est le temps qui veut ça, c'est la seule issue possible.

Ma doublure à moi, c'est Mira, Mirka. Elle a dix-neuf ans. Elle fera une bonne cantatrice. Je veux qu'elle chante mieux que moi, beaucoup mieux, et qu'à Prague ou à Vienne, à Milan ou à

Paris on ajoute des tas de lettres inutiles à son nom et à son prénom. Je serai déjà vieille, avec des boucles blanches, j'aurai froid, je mettrai un châle duveté, je prendrai un fauteuil d'orchestre au premier rang et j'écouterai chanter Mirka.

C'est heureux que je sois sortie du ghetto aujourd'hui. Je vais pouvoir tout raconter à Maria. Elle sera contente, je le sais.

Maria Blazewska, la cantatrice...

Dans le temps, on me disait que Maria Blazewska, c'est presque Ina Lipman, et à elle, que Blazewska et Lipman, c'est la même chose. Nous prenions le café ensemble, chez elle ou chez moi, et nous riions gaiement de ce qu'on nous disait. Nous en savions beaucoup plus que les autres et c'est pourquoi cela nous semblait amusant.

Elle aussi a la vie dure maintenant, mais moins que nous.

On lui a fait dire qu'elle m'attende aujourd'hui, et elle doit sûrement m'attendre déjà. Il y a si longtemps que nous ne nous sommes vues – une éternité ! Elle a demandé que je ne vienne pas. Elle ne sait pas ce que je lui veux, elle ne se doute même pas, c'est pourquoi il faudra que j'y aille moi-même, personne ne peut me remplacer.

C'est aujourd'hui la répétition générale. Enfin ! Et aujourd'hui, quand s'éteindra l'accord final, il faudra monter sur scène, lever bien haut la partition et crier :

– Voilà l'opéra que nous désirions tous ! *La Juive !*

Aujourd'hui précisément.

Les nôtres ont cherché partout où il était possible de chercher, mais n'ont pas trouvé la partition de *La Juive*. Maria en possède un exemplaire. Voilà pourquoi je vais chez Maria Blazewska pour qu'elle me donne *La Juive*.

C'est Aron Zwinger qui lui en a fait cadeau. C'était un brave garçon, un véritable ami. Sans doute, Maria le savait mieux que quiconque. Elle a fait faire spécialement un coffret doublé de velours rouge, et elle en portait toujours la clé sur elle. Une édition originale, avec des annotations et un autographe de Halévy. Aron avait alors vendu tout ce qu'il possédait pour acheter *La Juive* et l'offrir à Maria. Zwinger n'est plus, mais il est resté deux lignes de sa main sur la page de titre.

Qu'aurais-je fait si Maria s'était trouvée à ma place et était venue me demander cette partition ?

Non, encore une fois, je ne peux rien imaginer. Je ne peux jouer que sur la scène. Le temps. C'est sa faute, tout est sa faute. L'homme peut beaucoup, énormément, mais il ne peut pas arrêter le temps, le faire marcher à rebours.

Ai-je le droit d'aller chez Maria ?

Voilà sa porte, et je m'en approche. Voilà le seuil, et je le franchis. Je monte au deuxième, je m'arrête devant la porte et je sonne. Des pas précipités, anxieux, se font entendre. La porte s'ouvre, Maria Blazewska est devant moi... Mon Dieu, elle est émue, elle ne peut articuler une parole, mais ses yeux flamboient, et je vois qu'elle est heureuse en m'aidant à franchir le seuil de sa porte.

Vous êtes curieux de connaître la suite. Je vous comprends. Mais vous devez comprendre aussi ce qui arrive quand se retrouvent deux amies qui ne se sont pas vues ni entendues depuis une éternité. Pas la voix qui chante, non, celle qui articule les mots ordinaires « bonjour », « je », « tu ». Quand Maria Blazewska, qui est presque Ina Lipman, retrouve Ina Lipman qui est presque Maria Blazewska.

Nous n'avons que très peu causé, ou est-ce une idée que je me suis faite ? Le Tchèque m'avait donné une heure, et il était temps que je rentre. Il fallait faire vite et prendre garde. Prendre garde à bien des choses, mais l'essentiel, c'est qu'il est interdit aux Juifs de sortir sans l'étoile jaune sur la poitrine et sur le dos, à plus forte raison seuls et après six heures du soir. Et puis, c'est cette nuit au ghetto, la répétition générale de notre opéra.

Je dis l'objet de ma visite.

Maria ne me jeta qu'un regard et se rendit aussitôt dans la chambre voisine. Elle en rapporta la partition, se mit à la feuilleter. J'ai cru voir que ses doigts tremblaient légèrement, mais ce n'était peut-être qu'une illusion. Elle a ouvert la page de garde, l'a regardée, a fait un geste comme pour l'arracher. A-t-elle vraiment voulu détacher cette page ? Non, je me fais des idées.

– Je ne serais pas venue si...

– Ne dis rien, Ina. Tu sais très bien que nous nous comprenons à demi-mot.

– Vois-tu, Maria...

– Ne dis rien, Ina. Nous serions bien avancées si je me mettais à pleurer. Pense plutôt à ce qu'aurait dit Aron.

– Nous ferons très attention.

– Je sais.

Nous nous sommes quittées.

Maria cherchait quelque chose à m'offrir. Elle a fini par trouver un sachet de pois secs. Je ne voulais pas le prendre, mais il était impossible de refuser.

Sur le pas de la porte, Maria m'a pris la main :

– Tu sais de quoi j'ai envie ? De rassembler les gens dans une grande salle, si grande que tout le monde y tienne. Et moi, je viendrais sur la scène et je chanterais mes plus belles chansons.

J'écoutais retenant mon souffle, et je la dévorais des yeux.

– Et je voudrais autre chose aussi. Sais-tu quoi ? Que nous deux, quand on sera vieilles, nous soyons assises au premier rang d'orchestre et écoutions chanter ta Mirka, vedette de renommée mondiale.

Alors ç'a été mon tour de dire :

– Ne dis plus rien, Maria.

Je ne pouvais plus écouter, et je suis partie.

Maintenant, personne ne me regarde, personne ne se retourne sur moi. Je n'ai peur de personne, bien que sachant qu'il faut être prudente.

Voilà la petite rue. La porte du ghetto est tout près, le Tchèque est toujours en faction, je ne suis donc pas en retard, il faut seulement presser le pas. Encore plus vite. Vers la fin du trajet, le temps ralentit toujours et s'allonge. Je cours et la porte est là, toute proche.

Soudain je m'arrête et puis mes pas se font très lents. C'est le temps, maintenant, qui se presse. Nous avons échangé nos rôles, comme au théâtre.

Devant la porte, à côté de la sentinelle, se tient Schoger.

Il m'a tout de même eue.

Je croyais qu'il ne serait pas là aujourd'hui, mais il est là, il sourit, il me fait signe d'approcher, il attend. Il doit être heureux, Schoger. Il y a longtemps qu'il voulait me prendre en flagrant délit d'infraction, punie de mort. Et je viens seulement de m'aviser que la jaquette avec les étoiles jaunes est pendue à mon bras. Peut-être Schoger n'a-t-il pas encore remarqué. Je pourrais enfiler ma jaquette, et alors je ne serais que fouettée pour les pois. Rien que fouettée... Mais la partition est enveloppée dans la jaquette. Il l'apercevra, avec l'autographe de Halévy, avec les deux lignes d'Aron, et ce soir, à la répétition générale, personne ne montera en scène pour crier :

– Voilà, camarades, *La Juive* !

Schoger peut sourire. C'est son heure. Tout récemment, après m'avoir fouillée, au retour du travail, il a dit :

– Personnellement, vous n'existez pas pour moi. Que vous soyez vivante ou morte, je m'en fous. Ce qui me gêne, c'est votre voix, tant que je n'ai pas mis la main dessus. Mais je pense que tôt ou tard ça finira par arriver, et alors vous n'y couperez pas. Cela me fera, certes, beaucoup de peine, mais que voulez-vous...

Pourquoi ai-je tellement le trac ?

C'est le cas où jamais de ne pas l'avoir. Je ne suis ni en scène ni parmi des êtres humains. Il faut seulement tâcher que les mains ne tremblent pas, alors la voix non plus ne tremblera pas.

D'une main, je serre la jaquette contre ma poitrine, de l'autre je secoue le sachet de pois secs. De toute façon, je n'ai aucune chance de m'en tirer : je n'ai pas l'étoile jaune et, à ce compte-là, les pois secs sont sans importance. Je suis maquillée, et cela aussi nous est interdit.

Je poursuis donc mon chemin, d'un pas ferme, la tête haute. Je peux effectivement n'avoir peur de personne, j'en ai acquis le droit. Je secoue le sachet, les pois claquettent comme un millier de castagnettes, et cela m'amuse.

Je ris. Je demande à Schoger :

– Vous êtes content ?

Il sourit, lui aussi.

Je fais bruire les pois secs très haut, juste sous le menton de Schoger, et le millier de castagnettes explose comme une salve formidable.

Il m'arrache le sac des mains et le jette au loin.

– Cette jaquette n'est pas à moi, dis-je. Permettez-moi de la rendre à sa propriétaire, après quoi je serai à votre disposition, monsieur le commandant.

– Mais vite.

Je pénètre dans le ghetto, sentant sur mon dos le regard brûlant de Schoger.

Quelqu'un passe. Je ne sais pas qui, mais une connaissance. Je lui mets précipitamment entre les mains mon colis et je dis :

– Portez cela à Mirka Segal. Vous connaissez Mirka Segal ?

– Oui, je la connais.

– Portez-le-lui tout de suite, voulez-vous ? C'est sa jaquette, elle me l'avait prêtée.

Maintenant, je suis libre.

Je vois se crisper les mâchoires du Tchèque, je l'entends grincer des dents, comme s'il broyait du fer. Il ne manquerait plus qu'il intervienne, de toute façon ça ne servirait à rien. Autant vaut que ce soit lui et pas un autre qui veille à la porte du ghetto, qui fasse ce qu'on lui demande et ne voie pas ce qu'il ne doit pas voir. Sa vie ne fait que commencer, et elle comptera encore bien de bons et de mauvais instants, comme pour chacun, comme pour tout le monde.

Je le regarde. Il comprend et se détourne de mauvaise grâce. Dommage que je n'aie pas eu le temps de lui demander encore une fois son nom et son prénom. Ça ressemble à des noms polonais, et les noms polonais...

Je pourrais raconter encore un peu. Il reste un petit morceau de temps. Mais je ne raconterai plus. Ces histoires-là finissent toutes pareillement, et ce n'est pas intéressant. L'important, c'est d'avoir une doublure. Je suis contente que ma doublure soit Mirka, Mira Segal. Elle fera une grande cantatrice, ma Mirka...

3

Huitième coup

1

« Si je perds, ça ira mal pour tout le monde, mais je resterai en vie... Si je gagne, ça n'ira pas mal pour eux, mais je devrai mourir. Si la partie est nulle, tout le monde sera content. »

Schoger interrompit son soliloque :

– Écoute, est-ce que tu m'es reconnaissant, au moins ? Jamais de la vie tu n'aurais eu l'occasion de jouer devant un pareil public.

La population du ghetto nous entourait d'un vaste cercle.

Schoger en avait donné l'ordre.

Une foule énorme était massée sur l'« appelplatz » et, en silence, des milliers d'yeux observaient les joueurs.

Isaac avança un pion.

Schoger riposta aussitôt, il était visiblement déterminé à ne pas perdre de temps.

« À quoi pense-t-il en ce moment ? se demandait Isaac. Qu'il va gagner, ou autre chose ? Il est content qu'il y ait tant de monde : il faut qu'il soit victorieux ! Et moi, de tout mon corps, je sens leurs regards, des milliers d'yeux. Ils me transpercent. Ils savent pourquoi je joue, et quel est l'enjeu. Ils veulent que la partie soit nulle. Et moi ?

« J'ai peur de me retourner... Les gens me gênent. Ils emplissent la place. Comme cette foule qui traversait le pont, quand chacun, sans oser lever les yeux, marchait vers le ghetto.

« Je ne veux pas qu'ils soient ici. »

2

Un mois, un long mois s'était passé depuis le jour où j'ai vu Esther pour la première fois. Je l'avais certainement vue auparavant, seulement il ne me venait pas à l'idée que ce fût elle, que cette petite fille fût justement Esther-Liba, Libouzia, Bouzia...

Un mois s'était passé depuis que je l'ai vraiment vue et appelée Bouzia. Un mois, ce n'est pas un temps très long, n'est-ce pas ? C'est difficile à calculer. Le temps, c'est un hiver, un automne, un an, un siècle. Mais si on devait me découper en petits morceaux, il serait difficile de compter le temps, comme nous avons essayé de compter notre âge sur les doigts.

C'est mon idée.

Mais la réalité est toute différente.

C'est très long, un mois. Même si on me découpait en petites portions minuscules, il n'y en aurait pas assez pour calculer ce temps. Je dénombrais les jours, les heures, les minutes, les secondes.

Je compte le temps.

Je pourrais conter autre chose, cette vie du ghetto, dont on dit : une vie dure. Je pourrais conter notre travail. C'est un travail pénible. Je pourrais conter ce que nous mangeons et ce que nous pensons.

Je ne veux pas.

Chacun a des occupations nettement définies. Les uns vont travailler au camp. J'en suis. Ceux qui restent au ghetto travaillent aussi. Ils veillent à ce que les gens soient vêtus, qu'ils aient leur nourriture et soient en état d'aller au camp. Chacun a ses occupations et fait ce qu'il a à faire.

Je suis comme les autres.

Mais personne ne peut m'interdire de répéter les paroles du *Cantique des Cantiques* et de penser à ma Bouzia, à Esther.

Chaque soir, si je n'ai rien de spécial à faire, je me lave et je mets ma belle chemise bleue. Je me hâte vers la grande dalle de pierre lisse et j'attends. Puis, nous allons ensemble dans la cour où il y a un long rondin et une caisse. Je m'assieds sur le rondin. Esther s'installe sur la caisse. Elle enlace ses genoux avec ses bras et pose son menton dessus. Je suis content, je suis heureux que nous soyons ensemble, et qu'elle soit assise comme cela, et pas autrement.

Je ferme les yeux.

J'oublie tout.

J'ai envie que nous allions dans un grand pré en fleurs, que nous nous asseyions dans l'herbe et qu'il n'y ait personne que nous.

Impossible.

Autour du ghetto, il y a le mur.

Il y a une porte.

Avec des sentinelles.

Impossible.

– Izia, demande Esther. Ce n'est pas possible que ce soit pour toujours ?

Elle sait très bien, mais elle questionne, elle veut me l'entendre dire.

– Non. C'est impossible de faire vivre les gens derrière un mur. Chaque nuit, quand le silence se fait, je crois entendre le canon. De l'est et de l'ouest, du sud et du nord. Les Allemands seront battus et les portes du ghetto s'ouvriront.

Silence d'Esther. Puis elle demande :

– Ce sera bientôt ?

Je ne sais pas, mais je réponds comme j'en ai envie :

– Bientôt, oui.

C'est ainsi que nous causons.

Mais Janek n'est pas content.

Je vois bien qu'il a envie de me parler d'homme à homme.

Il en a envie, mais l'occasion ne se présente pas. Je ne sais pas si j'ai envie, moi. Mais s'il le faut, on peut causer.

Aujourd'hui, il me guettait près de chez moi.

Nous voilà donc ensemble. Janek ne dit rien. Nous réfléchissons tous les deux.

– Tu es le Lipman qui joue aux échecs ?

– Oui.

– Qui joue avec Schoger ?

– Oui.

– C'est ce que je pensais. Pourquoi est-ce que tu joues avec lui ?

– Il me l'ordonne.
– Et c'est tout ?
– Non. Je l'oblige à capituler.
– Il n'a pas gagné une seule fois ?
– Non.
– Et pas une seule partie nulle ?
– Non plus.
– Je sais que tu es un copain, Izia.
– Moi ?
– Oui. Mais ça ne fait rien. Il faut tout de même qu'on cause.

– Je n'aime pas parler des échecs. Je pourrais m'enfermer chez moi et jouer tout seul, dis-je à Janek. Je suis encore capable de forcer Schoger à abandonner, mais ça devient chaque jour plus difficile. Avant, c'était facile. Mais maintenant j'ai peur de perdre chaque fois. Mais ça n'a pas d'importance. Je n'aime pas parler des échecs.

Janek me regarde dans les yeux.

– Il ne s'agit pas d'échecs. C'est d'autre chose que je voudrais parler.

– De quoi, Janek ?
– De moi. – Il baisse la tête. – Pas tout à fait de moi. De moi, un peu seulement.

Je ne sais pas si j'en ai envie, mais j'accepte.

– Vas-y, Janek.
– Vois-tu..., dit-il.

Il s'interrompt et envoie rouler un caillou d'un coup de pied. Le caillou est rond et lisse. On peut sûrement se figurer que c'est un ballon et jouer au foot. Moi, par exemple, je suis le gardien de but, et Janek essaie de shooter. Ou bien, c'est lui qui est le gardien, et qui attend, penché...

– Vois-tu, répète Janek, et je comprends de quoi il va être question.

Peut-être va-t-il parler de lui, je ne sais pas.

Peut-être dira-t-il qui il est et d'où il vient.

Peut-être parlera-t-il de choses dont je n'ai pas idée.

Mais de toute façon, c'est d'Esther qu'il va parler.

Je ne sais pas si j'en ai envie, et je dis :

– Alors, qu'est-ce que tu attends ?

– Vois-tu..., dit-il.

C'est la deuxième fois que Janek prononce ces mots.

– Elle avait un frère, dit Janek. Il s'appelait Meyer, mais on l'appelait tous Meika. C'était mon meilleur ami. On avait le même âge et on avait grandi dans la même cour. Il parlait polonais comme un Polonais, et je parlais yiddish au moins aussi bien que lui. Tu saisis ? On était tellement copains... Je n'ai pas besoin de t'expliquer.

– Explique pas, ce sont des choses qui se comprennent.

– C'est bien ce que je pensais.

Et de se taire.

– Tu te souviens du jour où on a parqué tout le monde au ghetto ? demande Janek.

Il demande et se tait, puis il demande encore une fois, avec les yeux.

Je m'en souviens, de ce jour. J'aimerais autant l'oublier, mais c'est impossible. Il est devant mes yeux, comme ce pont démoli. Ce pont, c'est justement ce jour-là. Aujourd'hui encore je vois les poutres tordues et les trous dans le revêtement. La foule en marche remplit le pont. Presque à ras de l'eau, un Allemand est suspendu, la tête en bas. Et là-haut, adossé à une poutre, un homme, on le dirait vivant.

Je me le rappelle bien, ce jour. Je l'ai devant les yeux comme ce pont démoli.

Je dis à Janek :

– Je me souviens du pont, ce jour-là. Et toi ?

– Moi, ce que je revois, c'est une ruelle, elle est bondée de monde, comme le pont, à ras de parapet.

– Janek, est-ce qu'il y avait déjà les étoiles jaunes ?

– Bien sûr. Ça ne s'oublie pas, ces choses-là.

Je baisse la tête.

– Ce jour-là..., dit Janek.

Il ne parle pas autrement que toujours, on dirait, mais ses pommettes saillent, son front devient gris, il grince des dents. C'est comme s'il coupait chaque mot avec ses dents, et ça lui en coûte encore plus de parler.

Il n'avait plus ses parents, à l'époque. En trente-neuf, ils étaient allés chez des amis, à Varsovie, et ils n'en étaient pas revenus. Il vivait chez son oncle, mais il passait toutes ses journées avec Esther et Meika.

On savait déjà qu'il y aurait un ghetto.

– Tu ne sais pas que tout rapport avec les Juifs sont interdits ? Tu vas te faire pincer et déporter en Allemagne.

Ainsi parlait l'oncle de Janek.

Janek était malheureux. Il allait tête basse parce que Meika portait les étoiles, Esther aussi, et lui ne portait rien. Alors Janek se procura un bout de chiffon jaune et fixa sur ses vêtements des étoiles à six branches. C'était ce matin-là, justement.

– Ce jour-là, dit Janek. Je ne voulais toujours pas croire qu'il y aurait un ghetto et qu'on me séparerait de Meika et d'Esther.

Ce jour-là.

C'est Janek qui parle. Il parle comme à l'ordinaire, seulement son front est tout gris et on entend ses dents qui grincent.

Ce jour-là, un Allemand était venu chez eux. Dans la cour, il aperçut Esther. Il alla droit à elle. Il souriait et lui faisait signe d'approcher. Elle reculait, reculait toujours, voulait s'enfuir. Alors, l'Allemand cria et elle s'arrêta :

– *Komm her, komm her, kleine Jüdin*[1], dit l'Allemand.

Il la saisit par le bras et l'entraîna vers la remise à bois.

Esther criait, appelait au secours.

Janek cherchait une arme pour attaquer l'Allemand, mais ne trouvant rien sous la main il courut à la cuisine et saisit une hache. Mais déjà Meika était entré dans la remise. Sans rien, les mains nues. Il voulait étrangler l'Allemand. Il ne savait pas trop ce qu'il voulait faire.

Quand Janek accourut avec sa hache, il entendit trois coups de feu. L'Allemand poussa le cadavre de Meika hors de la remise.

Janek fut plus prudent.

Il contourna la remise.

1. Viens, viens par ici, petite Juive. (*N.d.T.*)

Il allait à pas de loup, sur la pointe des pieds.

Sans aller plus avant, sur le seuil même, l'Allemand avait bousculé Esther et lui arrachait sa robe. D'une main, il lui écrasait la bouche, et de l'autre arrachait ses vêtements. Campé en arrière, il était assis sur les jambes d'Esther.

L'Allemand était assis juste comme il fallait. Janek leva la hache et l'abattit de toutes ses forces sur le crâne de l'Allemand.

Je ne dis rien.

– Qu'est-ce que je pourrais dire ?

J'ai envie de crier : « Esther, ma Bouzia ! » Mais il est impossible de parler. Il faut se taire.

– Ce jour-là..., dit Janek.

Nous marchons toujours, Janek et moi. Le caillou rond n'est plus là. Et c'est tant mieux. Ce n'est pas un ballon, nous ne sommes pas des footballeurs, nous n'attaquons pas le but d'en face ni ne défendons le nôtre. Il n'y a pas de but.

– Ce jour-là, tu es entré au ghetto avec tout le monde, dis-je à Janek.

– Oui, dit-il. Je ne pouvais pas abandonner Esther, abandonner son père et sa mère. Et je ne pouvais pas laisser Meika. Nous avons enveloppé le corps dans un drap et je l'ai porté jusqu'au ghetto. Je voulais qu'il soit là où sont tous les autres. Je voulais qu'il soit toujours avec moi. Tu vois ce qui s'est passé ce jour-là.

Le front est toujours gris, la peau des pommettes tendue.

Je ne veux pas que Janek ait le front gris et que ses dents grincent.

Il faut que je lui dise quelque chose, mais les mots ne viennent pas.

Je réussis enfin à articuler :

– Tu es un grand type, Janek.

Il ne sourit même pas. Alors, je me dis que Janek n'est pas du tout forcé de vivre au ghetto. Il pourrait être libre. Il pourrait marcher dans toutes les rues de la ville, et même sur les trottoirs, obtenir des papiers à son nom. Il pourrait aller à la campagne, dans la forêt. Il pourrait aller aux champs, sur le pré le plus vaste. Il serait assis dans l'herbe moelleuse, au milieu de ce pré, il cueillerait des fleurs et puis il se coucherait sur le dos et regarderait le ciel. Le ciel serait bleu, bleu, avec les barques blanches des nuages. L'herbe sentirait bon, et tout, autour, aussi.

J'effleure l'étoile cousue sur la poitrine de Janek. Elle est bien ajustée, comme veut le règlement. L'étoffe est ordinaire, il n'y a que la couleur qui est jaune. C'est une étoffe dont on peut faire des fichus, une chemise ou n'importe quoi.

Janek me regarde avec ses yeux profonds. Il regarde d'un air réfléchi, comme un vieux.

– Tu es marrant, dit Janek... Tu es un grand joueur d'échecs, dit-il au bout d'un instant... Mais il y a encore des tas de choses que tu ne sais pas, poursuit-il en souriant.

J'écoute sans quitter des yeux le visage de Janek.

– Tu penses que le ghetto est seulement dans le ghetto ? me dit Janek. Tu as tort. Là-bas aussi, c'est le ghetto. La seule différence, c'est qu'autour du nôtre il y a un mur, et là-bas pas.

Je voudrais dire encore une fois : « Tu es un grand type, Janek. »

Mais je me tais.

Nous nous taisons tous les deux.

Nous allons, nous allons toujours.

Je ne sais pas trop où.

Janek reprend la conversation.

– Il faut qu'on cause, Izia, dit-il.

Je n'y comprends plus rien.

– Nous avons déjà parlé, dis-je. Qu'est-ce que tu as encore à dire ?

– Je n'ai encore rien dit, Izia. Vois-tu...

Encore « vois-tu ». Combien de fois déjà, ce soir ?

– Vois-tu, dit Janek, et il baisse la tête. Je voulais te dire... Je voulais te demander... Tu ne feras pas de peine à Esther ? Meika n'est plus là, alors c'est moi, son frère.

Je ne sais que répondre, je suis comme frappé de mutisme.

– Je pourrais donner ma vie pour elle, poursuit Janek. Ne lui fais pas de mal, Izia. Tu sais bien comment elle est.

Qu'est-ce qu'il dit ? Pourquoi dit-il cela maintenant ? Je pourrais lui dire que je suis Schimek et qu'Esther est Bouzia. Elle et moi, c'est Schimek et Bouzia. Est-ce que Schimek peut faire de la peine à Bouzia ?

J'aurais pu lui dire cela, mais c'est tout autre chose que je dis :

– Je pourrais me fâcher, Janek. Je pourrais même me bagarrer avec toi, si tu n'étais pas son frère. Comment est-ce que tu peux penser des choses pareilles ? Tu n'as pas honte, Janek ?

Il baisse la tête encore plus.

Et il arbore un grand sourire de gosse.

Puis, Janek relève la tête. Il ne me regarde pas, mais je vois ses cils qui remuent, il plisse les yeux, comme s'il me demandait pardon.

– Bien sûr, fait-il. Il y a longtemps que je savais que tu es un copain et que tu ne feras rien de mal. Mais tout de même, il fallait qu'on cause. Pas vrai, Izia ? Il fallait qu'on cause, n'est-ce pas ?

– Il fallait qu'on cause.

– Tu vois bien.

Ainsi parle Janek.

– Bon, je fais. Je me sauve. Il faut que je fasse vite.

– Sauve-toi.

– Non, sans blague, je dois filer.

– Vas-y, vas-y.

– On se revoit demain.

– D'accord pour demain. Sauve-toi. Elle t'attend, mais si, je sais. File, file.

Janek me regarde de ses yeux bleus et profonds. Il a du chagrin ? Non, ce n'est pas possible. Je me fais des idées. Il sait que je ne ferai jamais rien de mal à sa sœur.

Je crie en moi-même : « Bouzia ! » et je pars en courant.

Je cours, je suis très pressé.

Il faut vraiment que je fasse vite.

4

Douzième coup

1

« Il faut que la partie soit nulle », se disait Isaac. Schoger rapprocha sa chaise, s'accouda à la table et joignit les doigts.

Ce n'était pas à lui de jouer.

– Écoute, dit-il, en plissant les yeux comme au début de la partie. Tu n'as vraiment pas le trac, pas du tout ?

Isaac ne répondit pas.

– Tout de même, je ne crois pas qu'un homme puisse garder son calme quand l'enjeu est sa propre vie.

Isaac se taisait.

– Tu m'obliges à être prudent. Suppose un instant que je commette une faute et que tu me fasses mat ! Tu te rends compte de ce que cela signifierait pour moi !

« Il m'empêche de réfléchir, mais je vois tout... Si je sacrifie un pion, mon cavalier débouche sur le centre, et il y sera imprenable. En attendant, je ne joue pas si mal que ça. Il faut que la partie soit nulle... »

Baissant inopinément la voix, Schoger chuchota presque :

– Imagine que je sois à ta place, et toi, sur cette chaise. Je t'avoue que ça m'embêterait énormément. Bonté divine ! Heureusement que cette variante-là est inconcevable. N'est-ce pas ?

« C'est effectivement inconcevable, mais ce n'est pas à cela que je dois penser. Il faut tout oublier. Pourquoi ne puis-je pas oublier tout au monde ? Parce que Schoger est assis sur sa chaise et croit que le monde entier lui appartient. Le monde entier ? Est-ce qu'il est possible que Schoger puisse faire du monde tout ce qui lui passe par la tête ? »

2

– Ma femme a donné naissance à une fille, Rachel, a dit Abraham Lipman.

3

La fenêtre était grande ouverte. Une brise légère se glissa à travers le rideau de gaze, voltigea autour de la salle des malades, frôla les lits d'une main à mille doigts et l'un de ces doigts frais caressa le front chaud de Rachel.

Il est bon que, par un après-midi étouffant d'été, une brise légère pénètre dans la salle, chassant l'odeur tenace de l'éther et rafraîchissant une femme qui vient, il y a cinq jours seulement, de mettre un fils au monde.

L'enfant était insatiable. Il avait vidé un sein, dur et gonflé, et il en voulait encore. Rachel sortit l'autre sein et lui fourra dans la bouche le bout bruni, juteux comme un fruit mûr. Le nourrisson saisit le sein et ferma ses yeux étroits et gris. Il mâchait goulûment et faisait mal, comme s'il mordait avec une petite pince, mais Rachel ne gémit pas, ne tressaillit pas.

Il avait une figure ridée de vieillard, le nez étroit, les cheveux et les cils blancs. Du moins paraissaient-ils tels sur la peau rose.

Rachel ferma les yeux. Elle aurait voulu qu'un mois ou deux fussent déjà passés pour libérer les mains du petit, pour que ces mains cherchent elles-mêmes le sein maternel, le saisissent, le parcourent de leurs petits doigts roses.

« Peu importe ce que les gens disent, ils ne savent rien de rien, pensait Rachel. Peu importe qu'il ait les cheveux longs et blonds. Peu importe que mes cheveux soient noirs comme le charbon et les cheveux de mon David noirs aussi. »

Elle se pencha, posa tendrement les lèvres sur le petit front ridé. Sur la tempe, une veine bleue palpitait très vite, battait frénétiquement.

« Ma chair et mon sang, pensait Rachel. Un temps viendra, la guerre finira, nous serons vivants et nous élèverons notre fils. Notre fils ! Ils ne toucheront pas mon fils. Personne n'a le droit d'y toucher. Ils ont permis qu'il naisse, ils n'y toucheront pas. »

– David, David ! chuchotait Rachel. Tu voulais un fils, n'est-ce pas ?

– Oui, Rachel, je voulais un fils.

– Tu voulais qu'il reste au monde quelqu'un pour porter ton nom ?

– Non, Rachel.

– Tu voulais un fils parce que ton père avait un fils ? Parce que le père de ton père avait un fils, et le père de son père aussi ?

– Non, Rachel.

– Je sais, David, la fille s'attache toujours davantage à la mère, et le fils au père. Tu voulais que notre enfant soit plus à toi, oui ?

– ...

– Pourquoi voulais-tu un fils, David ? Parce qu'ils ont emmené notre Meischale à Paneriai ?

– ...

– Alors, dis-moi, David, parce que je ne sais pas pourquoi. Quoique moi aussi, j'aie voulu un fils. Parle, David.

– Je voulais qu'un fils naisse de notre amour. Nous nous aimions très fort, Rachel, et c'est pourquoi un fils devait naître. Se peut-il que tu ne comprennes pas ?

– Je comprends, et je dis la même chose, David. Mais pourquoi ne peux-tu pas venir et prendre notre petit garçon dans tes bras robustes ?

– ...

– Tu n'es pas fâché qu'il ait le nez si pointu, pas du tout pareil au mien ou au tien ? Et les yeux gris. Les tiens sont marron et les miens sont bleus, lui il les a gris. Pourquoi donc, David ?

– ...

La fenêtre était ouverte. Le vent s'insinuait et ses doigts frais voletaient sur le front moite et brûlant de Rachel. Le petit être rouge, solidement emmailloté, lui faisait mal en mâchant son sein avec ses petites pinces.

Rachel se rejeta sur son oreiller. Elle avait envie de pleurer, mais ses yeux étaient secs, sans larmes. C'est difficile de pleurer sans larmes, surtout pour une femme qui a accouché il y a cinq jours seulement. Sa bouche était sèche, sa gorge sèche, tout en elle était sec.

Elle serrait contre sa poitrine le bébé emmailloté et chuchotait, comme la brise dans le rideau de gaze :

– Ma chair, mon sang..., ma chair et mon sang.

C'était la plus petite salle de l'hôpital du ghetto : trois pas de long et deux de large. Il y avait deux lits. Le second était occupé par Lisa, une fille de dix-huit ans. Elle geignait doucement. Elle avait eu un accouchement difficile. Elle était déjà malade avant d'accoucher, elle était encore malade maintenant.

Toutes les deux étaient dans cette salle depuis une semaine. Avant, elles ne se connaissaient pas. Rachel vivait au ghetto, tandis que Lisa avait été transférée du camp qui s'appelait « Fell ». Lisa avait accouché la veille et n'avait pas encore vu son enfant. Elle était très affaiblie, ne parlait pas du tout et geignait doucement. Auparavant déjà, elle n'était guère loquace, préférait dormir ou faire semblant. Elle avait seulement dit qu'elle s'appelait Lisa, qu'elle venait du camp « Fell » et que là-bas les Juifs vivent exactement comme ici, au ghetto.

Rachel demanda à Lisa :

– Dans votre camp aussi, on prenait les enfants pour les faire vacciner ?

Lisa fit oui de la tête.

– On m'a pris mon Meischale. Comment aurais-je su ?

En ce temps-là, personne ne savait encore.

Un grand autocar était arrivé, jaune avec une bande rouge et des vitres claires. On ne l'avait jamais vu au ghetto. S'il en venait un, ici, c'était un fourgon noir, sans fenêtres.

Schoger sortit de l'autocar.

– Mères ! Écoutez-moi, les mères ! cria-t-il. Il y a une épidémie de diphtérie en ville. Amenez vos enfants, nous les enverrons à l'hôpital militaire pour les vacciner. Vous travaillez consciencieusement, et je ne veux pas que vos enfants meurent. Amenez vos enfants, femmes !

L'autocar était joli, jaune et rouge, pas du tout comme le fourgon noir sans fenêtres.

Quand David rentra du travail, son fils n'était plus là.

Lisa écoutait en silence, les yeux flambants.

– Tu vois, lui dit alors Rachel, maintenant je vais encore accoucher. Si c'est un fils, je l'appellerai de nouveau Meischale.

– Meischale, chuchotait maintenant Rachel en appuyant les lèvres sur le front ridé du bébé. Elle se tourna vers Lisa, regarda sa bouche tuméfiée et dit : Prends patience. Un tout petit peu. Moi, c'est la deuxième fois, ce n'est pas si dur. Toi, c'est la première fois. Le premier enfant, c'est toujours difficile.

Lisa geignait doucement.

– Tu dois être heureuse, dit Rachel. Parce qu'il est interdit d'accoucher dans le ghetto. Tous les enfants nés au ghetto doivent être exterminés, tu le sais bien. Et nous on nous a permis. Tu comprends ? Rien que dix femmes dans la ville, ils ont dit. Tu dois être contente. Tu auras mal, tu crieras un peu, mais après, tout ira bien. Ils ne toucheront pas nos petits, du moment qu'ils ont permis qu'ils naissent. La ligne du front se rapproche, alors ils cherchent à nous amadouer.

– Je ne veux pas d'enfant, fit Lisa. Je veux qu'il soit mort-né. – Elle sourit, et les gerçures de ses lèvres s'ouvrirent. – Tu vois, ils auraient dû le ramener depuis longtemps. Il est certainement mort. Si cela arrive, j'embrasserai la terre.

– Tais-toi ! fit Rachel, épouvantée. Tu maudis ton enfant ! Tu vas pourtant mieux, maintenant. Ce que tu sens maintenant, ce n'est pas comparable à la douleur de l'accouchement, n'est-ce pas ? Tu devrais être heureuse... Puissent Dieu et le destin ne pas t'entendre !

Son Meischale lâcha le sein et s'endormit.

Le crochet de la croisée faisait un bruit monotone. Le rideau de gaze se gonflait comme une voile. Le ciel était bleu comme la mer à Palanga. Comme il ferait bon de se lever, de courir le long de la plage en tenant Meischale par la main, puis de s'arrêter tout au bord de l'eau et chercher dans la vase les petits yeux d'ambre.

– David, chuchotait Rachel. Nous avons de nouveau un fils. Il est couché sur ma poitrine et il respire comme un duvet de cygne. Tu vois ?

– ...

– Il vivra longtemps, et mieux que nous. Et l'enfant de Lisa vivra aussi. Elle est trop jeune, elle ne sait pas ce qu'elle dit. Celui qui vient au monde dans de si grandes douleurs doit vivre.

– …

– Tu ne me parles plus, David. Je sais, David, on t'a emmené à Paneriai. Mais je ne t'ai pas vu mourir, et tu es vivant devant mes yeux. Parce que tu veux vivre ?

– Oui, bien sûr.

– Tu as eu très mal ?

– Non. Je n'en suis pas mort.

– Mais tu es très loin. En consolation, Dieu ou le destin nous a envoyé un fils et a permis que je le mette au monde. Une semaine seulement que tu n'es plus. On m'a fait venir à l'hôpital, il y avait là des professeurs de Berlin, ils m'ont examinée, ils m'ont observée pendant deux semaines. Mais ça n'a pas d'importance. Ils ont dit que je serais mère et Schoger m'a permis d'accoucher au ghetto. Rien que dix femmes dans toute la ville ont eu la permission. Tu es content ?

– …

– J'allais dans le ghetto, le ventre en avant, et je savais que ce serait un fils. Je n'avais pas à me cacher, j'étais fier de mon destin et j'avais peur. Et les gens… Ce que disent les gens n'a pas tellement d'importance, après tout. Ils m'envient. Je les comprends, moi, à leur place, j'envierais aussi. N'est-ce pas ?

Le crochet de la fenêtre fait son bruit monotone. Le vent gonfle le rideau comme une voile et le ciel est bleu comme la mer à Palanga.

Lisa ne gémissait plus. Couchée sur le côté gauche, elle fixait des yeux de flamme sur Rachel et son fils et disait :

– Le mien sera mort, je le sais.

– Finis donc, Lisa. Tu devrais avoir honte devant Dieu et les hommes. Tu n'as plus mal, tu ne gémis plus, et c'est péché de parler comme ça.

La porte s'ouvrit, l'infirmière entra, portant quelque chose de petit, d'emmailloté, de silencieux, et se fraya un chemin jusqu'au lit de Lisa. Elle se taisait, les trois femmes se taisaient, seul cognait le crochet de la croisée, le rideau-voile se gonflait, et le vent aux mille doigts folâtrait dans la salle, effleurant le front, enlaçant le cou, rafraîchissant la poitrine.

S'aidant de son bras, Lisa s'assit lentement.

C'est vrai qu'elle est encore jeune, cette Lisa. Une gamine. Les traits menus, les joues pâles et creuses, les cheveux fous – elle est comme une miniature, enchâssée dans un grand cadre. Mais les lèvres sont gercées, les yeux grands et luisants comme des lanternes avec les minces sourcils étonnés.

Elle est effectivement trop jeune. Une gamine. Il est vrai que la chemise défaite laisse voir des seins de femme, gonflés de lait, aux tétins durs et brunis comme des fruits mûrs.

Lisa tend les bras et l'infirmière lui passe la petite chose emmaillotée. Elle la prend en tremblant : est-il mort ou vivant ?

– Un garçon, laisse tomber l'infirmière en sortant.

L'haleine de Meischale, comme un duvet de cygne, chatouille la poitrine de Rachel, et Rachel dit en regardant Lisa et son enfant :

– Tu vois, il est vivant. Ta chair et ton sang.

Lisa grelottait.

– Ô mon Dieu ! gémit-elle.

Entre les langes, un visage ridé de vieillard, avec des yeux qui ne voyaient pas, un nez étroit, des sourcils blancs et des cils blancs, de longs cheveux blonds qui paraissent blancs sur la peau rouge.

Lisa retira la main comme si elle se fût brûlée et reboutonna hâtivement sa chemise.

– Regarde, dit-elle à Rachel, sans oser toucher la petite chose emmaillotée. Regarde, il est vivant !

Rachel regarda, puis n'y tint plus et se détourna.

« Ce que disent les gens n'a aucune importance... »

Mais elle demanda quand même :

– Ton mari est blond, oui ?

Lisa hocha la tête, longuement, comme si les forces lui manquaient pour s'arrêter, puis elle dit d'une voix sourde :

– Je n'ai pas de mari. Je ne sais pas ce que c'est qu'un homme. Une fois seulement dans ma vie on m'a embrassée. Mais les enfants ne naissent pas de ça.

Le sang afflua aux joues, les tempes battirent comme un volet au vent, mais Rachel déglutit et demanda avec effroi :

– Lisa... Tu délires, Lisa ?

Lisa hochait toujours la tête.

– Tu penses que les gens avaient raison, Lisa ?

Lisa fit oui de la tête, et répéta ce geste de nombreuses fois.

– Oui, dit-elle. C'est artificiel. Alors déjà, je le savais, il y a neuf mois. Maintenant, on va recommencer à nous examiner et à faire des expériences avec nous et avec ceux-là qui sont nés. Je parle l'allemand, alors déjà j'avais compris.

Le rideau de gaze, gonflé, était immobile. Ainsi s'immobilise la voile lorsque le vent tombe, après avoir soufflé une dernière fois. Après quoi, la voile mollit, claque et pend, inanimée. Le ciel aussi, cette mer bleue, est figé. Il s'éloigne, encore et encore, il aurait pu disparaître entièrement, mais le crochet cogne sans arrêt contre la croisée et aussi quelque part dans la poitrine, dans le cœur même, à coup sûr.

Rachel regardait son enfant et l'enfant de Lisa – qui n'étaient ni son enfant ni l'enfant de Lisa. À la vérité, ils étaient comme des jumeaux. Blonds tous les deux, avec des yeux gris sans expression, l'un et l'autre avaient le nez étroit et pointu et des rides rouges de vieillards. Tels des poussins de couveuse, ils étaient tout blancs.

– Une semence étrangère et un fruit étranger ! dit Rachel. Semence étrangère, fruit étranger... Ils nous ont permis de les mettre au monde !

La pièce semblait tourner. La vitre tremblait, tourbillonnait en un éclat bleuté et là-bas, dans cette lueur bleue, transparente, voguait et se débattait un enfant qui n'en était pas un, un Meischale qui n'était pas le sien...

Rachel tendit les mains en avant, sans regarder, à tâtons, elle trouva le petit cou de l'enfant et elle serra. La petite chose vivante gémit et Rachel desserra son étreinte. C'était horrible, écœurant.

Alors elle étendit les jambes, posa la petite chose vivante près d'elle, la couvrit de son oreiller et l'écrasa sous sa poitrine lourde de lait, aux tétins gonflés et durs, bruns comme des fruits mûrs.

– Une semence étrangère et un fruit étranger, Lisa. Ha-ha-ha ! Tu entends, Lisa ?

– Oui ! répondit cette gamine de dix-huit ans que l'on avait embrassée une fois seulement dans sa vie.

Puis Rachel murmura. Doucement, doucement comme la main du vent aux mille doigts qui remuait le rideau, comme un duvet léger, le plus tendre.

– M'entends-tu, David ?

– Je t'entends, Rachel.

– Je n'ai pas pu sauver notre fils.

– Ce n'est pas ta faute, Rachel.

– Je ne l'ai pas sauvé, David.

– Peut-être, allons-nous nous retrouver, tous les quatre ?

– Tu reviendras ? Nous nous retrouverons ?

La main du vent, à mille doigts, remuait le rideau, et le crochet faisait son bruit monotone contre la croisée.

5
Treizième coup

1

Schoger avait accepté le sacrifice.

Il savait qu'Isaac était nerveux, et il trouva son plaisir à faire disparaître ce pion de l'échiquier, à se sentir assuré et à attendre que l'adversaire abandonne.

C'était son jour, aujourd'hui.

Aujourd'hui, il allait remporter une brillante victoire.

Tout autour, en cercle silencieux, se tenait la foule de ceux qui devraient subir les conséquences de cette victoire.

Jamais encore il n'y avait eu une partie comme celle-là.

– Sais-tu pourquoi il est effectivement impossible que tu sois assis sur ma chaise, et moi sur ton escabeau ?

Isaac ne répondit pas.

– Si tu ne sais pas, je peux te renseigner. Les pièces du jeu d'échecs ne sont que des bouts de bois inertes, mais à certains égards elles ressemblent aux hommes. Il n'existe qu'un seul roi, le second doit capituler. Nous autres, Aryens, sommes les rois victorieux. Je regrette infiniment, mais toi, tu es de ceux qui abandonnent.

Isaac gardait le silence.

– Tu as compris ? C'est une vérité élémentaire, et c'est pourquoi chacun de nous occupe la place qui est la sienne. Toi sur ton escabeau, moi sur la chaise. Il ne saurait en être autrement.

« Je n'entends pas et ne veux pas entendre ce qu'il dit. Il a beau jeu de pérorer, puisque personne ne peut répliquer.

« Il est le roi. Sa parole est parole royale...

« Ma partie, ce sont les échecs.

« L'ennui, c'est que je n'ai le droit ni de gagner ni de perdre, quant à la partie nulle... Encore faut-il qu'elle soit possible ? Ce que je voudrais, c'est bondir, balayer toutes les pièces, et courir dans un vaste champ fleuri... »

2

Chez nous, au ghetto, il n'y a pas de fleurs.

Les fleurs sont interdites.

On ne peut pas non plus en apporter.

Interdit.

Pourquoi les fleurs sont-elles prohibées ?

Je me le demande. Même si j'étais le dernier des salauds, je ne défendrais pas de cultiver des fleurs. Les gens n'auraient pas tardé à trouver des semences et des oignons. C'est si vite fait, de retourner la terre sous la fenêtre, de dépierrer la cour... Et alors, un peu partout, les lourdes pivoines dodelinent de la tête, les lis élégants s'élancent et les capucines exhalent leur parfum âcre. Beaucoup de fleurs, une profusion de fleurs, comme éparpillées d'une main généreuse.

Même si j'étais le dernier des salauds et si j'avais interdit de cultiver des fleurs, j'aurais tout de même permis d'en rapporter des champs et des prés, quand les gens rentrent du camp de travail. Les colonnes défilent à travers la ville, fatiguées, mais on ne voit pas de têtes baissées. Au-dessus des colonnes, rien que des fleurs, des bouquets innombrables, c'est à croire qu'il n'y a pas d'hommes, rien que des fleurs qui se promènent. Elles n'ont pas à se presser, elles peuvent prendre tout leur temps, pourvu qu'elles arrivent au ghetto avant six heures.

Pour les armes, tout est clair. Il n'y a pas de problème.

Je comprends pourquoi il est interdit de faire entrer des vivres au ghetto. Schoger veut que nous ayons faim.

Je comprends pourquoi il est interdit de faire entrer des vêtements. Ils veulent que nous portions des guenilles pour avoir froid.

Mais pourquoi Schoger a-t-il interdit les fleurs ?

Ça, je ne comprends pas.

Une fleur. Une tige mince, une corolle fragile. Un léger parfum.

Qui peut interdire les fleurs ?

Quand nous sommes dans notre cour, Esther et moi, moi sur le rondin, elle sur la caisse, quand nous sommes tous les deux, quand nous nous regardons dans les yeux sans rien dire, Esther se penche et découvre une touffe d'herbe dans l'interstice des pavés. Elle choisit un brin et détache les feuilles minuscules en chuchotant des mots que je n'entends pas. Les feuilles sont rares, c'est pourquoi Esther fait lentement. Soigneusement, de ses ongles pointus, elle détache une feuille, la garde quelques instants sur sa paume, puis la laisse échapper. Et elle volette comme un petit oiseau.

Je sais de quoi Esther a besoin.

D'une marguerite.

Elle veut tenir entre ses mains une fleur des champs, détacher les pétales blancs et murmurer des mots que je n'entendrais pas.

Elle travaille ici même, dans le ghetto, elle aide ses parents – elle est infirmière. Il y a longtemps qu'elle n'est allée aux champs, et elle a certainement oublié à quoi ça ressemble, les fleurs. Mais de toute façon, elle a envie d'une marguerite. Je le sais. Aujourd'hui, elle est blanche comme une marguerite.

– Ne me regarde pas comme ça, dit Esther. Je suis pâle, n'est-ce pas ? Ce n'est pas grave, ça passera. Papa a fait une opération à un petit garçon. Ordinairement, tout le monde donne son sang, rien d'extraordinaire. Mais cette fois-ci, on avait justement besoin de mon groupe, et mon père m'a appelée. Il dit qu'il ne faudrait pas prendre tant de sang à la fois, mais je suis bien portante, alors ça ne fait rien. Le petit garçon était très malade, mais maintenant il guérira à coup sûr.

Elle me regarde, mais je ne dis rien.

– Tu n'aimes pas quand je suis si pâle ? Oui ? Tu es fâché ?

– Penses-tu ! Pourquoi serais-je fâché, du moment que ce petit garçon avait besoin de ton sang.

Je ferme les yeux. Il me semble que nous allons, elle et moi, très loin dans l'herbe haute et que nous débouchons sur un champ très vaste. Esther est assise, les mains appuyées au sol, et moi, je cueille des fleurs. Il y en a énormément. Des blanches et des jaunes, des roses et des bleues ; les unes ont une odeur douce, les autres agitent leurs clochettes. J'en ai déjà cueilli une pleine brassée, et je continue...

– Schimek ! – C'est ainsi que Bouzia m'appelle.

– J'arrive !

– Assez Schimek !

– Encore deux, encore une, et ça suffira.

– Assez, laisse-les pousser, elles sont si belles...

– Bon, je veux bien.

C'est alors que j'entends :

– Izia !

J'ouvre les yeux. Je vois notre cour pavée. Je suis assis sur le rondin et Esther sur la caisse de bois.

Nous rentrons du travail. Les portes du ghetto vont bientôt paraître, et mon cœur bat. Tantôt il bat frénétiquement, tantôt il s'arrête, bat une fois et s'arrête de nouveau.

J'ai un bouquet caché sous ma chemise.

J'ai demandé au gardien, et il m'a permis de m'approcher du pré, et le pré était émaillé de marguerites, comme une nappe verte tachetée de blanc et de jaune. J'ai arraché les fleurs par poignées, avec l'herbe. J'ai cru que j'allais arracher tout le pré et l'emporter avec moi. Puis, j'ai compris qu'on n'emporte pas tout un pré. Et j'ai presque tout laissé. C'était dommage, mais je ne pouvais garder qu'un petit bouquet, alors il devait être très joli, rien que les fleurs les plus belles.

Nous rentrons. Voilà les portes du ghetto, et mon cœur bat à coups désordonnés : plusieurs coups rapides, puis un arrêt, puis un coup, puis encore un arrêt.

Quand ils ont vu mes fleurs, les hommes se sont mis en colère. En une autre occasion, je le sais, personne n'aurait rien dit. Mais, aujourd'hui, c'est eux qui ont raison. Parce qu'on fait entrer au ghetto une mitraillette allemande volée aux entrepôts où nous travaillons. Pendant deux jours, nous l'avons démontée et caché les pièces. En partie dévissées, en partie brisées. Il y a au ghetto des serruriers qui feront le nécessaire. Aujourd'hui, les hommes se sont partagé les pièces et ils les apportent au ghetto.

Je sais pourquoi ils sont en colère. Si je me fais prendre avec les fleurs, les Allemands sont fichus de faire une fouille générale, et les pièces de la mitraillette seront découvertes.

– Vite ! dis-je.

Comment saurait-il ma pensée, Fieler, le bourreau ? Il bat les autres pour ne pas être battu. Comment comprendrait-il ?

Et moi, je suis pressé. J'ai peur qu'Esther ne voie. Elle pourrait passer et remarquer, ou bien Janek pourrait passer et lui dire, ou bien ses parents pourraient se trouver à proximité de la porte où je suis couché et où le bourreau compte cinq coups.

– Fais vite, lui dis-je.

Il travaille consciencieusement.

Il est trop bien nourri, et il pense que le fouet est ce qu'il y a de plus redoutable au monde.

Ce n'est pas vrai.

Qu'est-ce qu'un fouet, après tout ? Du cuir tors à l'extérieur et une tige d'acier au-dedans.

Et après ! Peuh ! Du cuir et de l'acier.

Nous rentrons du travail.

Mon cœur bat, très fort.

Avant-hier, on m'a pris mon bouquet, hier aussi. Sera-t-il dit qu'aujourd'hui encore...

Aujourd'hui, je viens en tête de la colonne. Les hommes veulent essayer, peut-être réussirai-je à me faufiler. Du côté de la rue, ils poussent si fort que les battants de la porte craquent. Les hommes voudraient me pousser dans le ghetto, pour que je passe avec mon bouquet.

Le factionnaire hurle. Schoger aussi. Il est là de nouveau. Les hommes ralentissent, ils ne poussent plus. Aujourd'hui, ils se sont partagé les pièces de deux mitraillettes allemandes, et qui sait comment cela peut finir.

Schoger s'adresse à moi :

– Alors ? J'espère que tu es devenu raisonnable ?

En parlant, il me fouille méticuleusement.

– Quinze ! hurle-t-il en jetant les fleurs.

Mais il ne me laisse pas encore partir.

– Tu vois, fait-il tristement. Je voulais jouer une partie ou deux avec toi, aujourd'hui, et tu as tout gâché. Dommage... Tu ne pourras pas t'asseoir, et jouer debout, ça ne vaut rien.

Je les ai tant priés ! Je ne pouvais pas faire autrement. Finalement, ils ont accepté, seulement ils m'ont placé en queue de colonne.

Voilà la porte. Mon cœur bat en désordre.

Schoger est là.

J'ai froid.

Il me semble que ses yeux, perçants comme des aiguilles, passent au travers de ma vareuse et mordent les frêles marguerites. N'y tenant plus, je porte la main à la poitrine pour protéger les fleurs.

La colonne est déjà dans le ghetto, tout le monde est passé, mais Schoger me regarde et cligne de l'œil.

– Et à part ça, señor Capablanca ? demande-t-il en me fouillant.

Il ouvre ma vareuse, relève ma chemise et les fleurs tombent à terre.

– Tiens, tiens ! fait-il étonné. Tant que ça ! Pourquoi faire, tant de fleurs ?

Je ne dis rien.

– Pour la première fois cinq coups suffiront, dit Schoger à Jacob Fieler.

D'un coup de pied, il fait voler les fleurs hors du ghetto.

À moi, il dit :

– Tu comprends bien... Tu es mon partenaire. Seulement, la loi est la loi. Je n'y peux rien, je n'ai pas le droit.

Il dit au factionnaire, avec un geste dans ma direction.

– Vous le fouillez tous les jours, au moins ? N'y manquez pas. La loi est la loi, c'est plus fort que nous.

Jacob Fieler, c'est le bourreau.

Il a un triple menton et de petits yeux rouges, noyés de graisse. Tel qu'il était autrefois, dans sa boucherie, tel il est aujourd'hui. Schoger le bourre de mangeaille et il a les bras comme des billots.

Jacob Fieler m'indique le banc. Je me couche dessus et je lui dis :

– Fais vite.

Il ne comprend pas. Étonné, il me dévisage de ses yeux de rat.

– Hé là ! interpelle-t-il le bourreau, et sa voix se voile de mélancolie. Tape sur les jambes et sur le dos, pour qu'il puisse s'asseoir. La moitié sur les jambes, la moitié sur le dos. Hein ? Ça ne se divise pas par deux ? Bon, alors flanque-lui-en quatorze... Dommage, fort dommage, me dit Schoger. Capablanca ne se faisait pas corriger comme ça, tu comprends. Mais la loi ! Nous sommes tous esclaves de la loi !

Je suis couché sur le banc. C'est trop long aujourd'hui. Quatorze.

J'implore le bourreau :

– Plus vite, plus vite.

Il retrousse ses manches.

La colonne passe sans encombre.

Au fond, c'est peut-être une chance que je me sois fait pincer. Schoger était occupé, et les autres n'ont pas été fouillés aussi minutieusement. C'est peut-être mieux comme ça ! Jusqu'à présent, les homme se sont passés de moi, ils ne m'ont jamais confié la moindre cartouche.

... neuf, dix, onze...

– Plus vite, plus vite !

La colonne est entrée dans le ghetto, mais ne se disperse pas, les hommes attendent.

... treize, quatorze. Fini !

Avec un petit effort, ce n'est pas du tout difficile de se lever.

Schoger n'est plus là, les sentinelles sont de l'autre côté de la porte, le bourreau est parti, lui aussi. Il s'en fout, lui. Il a administré sa volée, et il est libre comme l'air jusqu'à demain.

Mais la colonne, tronçonnée, étirée, attend.

Je marche et les hommes me suivent. Je m'arrête, et ils s'arrêtent tous. Nous nous éloignons un peu, tournons le coin d'une grande maison, et les hommes m'entourent. Ils déboutonnent leurs vareuses, leurs chemises. Ils en tirent quelque chose, en prenant des précautions comme si c'étaient des papillons et qu'ils eussent peur de leur abîmer les ailes.

J'en ai un éblouissement. C'est un pré que je vois : la nappe verte, tachetée de blanc et de jaune.

– Prends, disent les hommes. Prends vite. Tu crois, peut-être, qu'on a du temps à perdre avec toi ?

Ils me donnent des fleurs, et je les rassemble en bouquet. Chacun me donne une fleur, une seule, mais elles sont si belles, si grosses, et pas du tout froissées. Mon bouquet ! Comme il est grand ! Jamais je n'aurais pu en faire un aussi grand. Jamais.

Je lève la tête, mais les hommes ne sont plus là.

Je suis là, tout seul, avec un grand bouquet de marguerites.

Je rentre à la maison. Je mets les fleurs dans l'eau et je me lave lentement. J'enfile ma chemise bleue.

Et me revoilà en route pour l'autre bout du ghetto, là où se trouve la dalle de pierre polie.

Le visage d'Esther est encore pâle, blanc, et il se confond avec les marguerites.

Nous allons dans notre cour.

Je peux m'asseoir, et je m'assieds sur le rondin. Esther grimpe sur sa caisse. Elle dispose le bouquet – elle-même au milieu, les fleurs tout autour.

– Ce n'est pas moi, dis-je à Esther. C'est tous ceux qui travaillent avec moi. Chacun a apporté une marguerite, tu vois quel bouquet ça a fait.

Elle hoche la tête sans répondre. Quand Esther secoue la tête, ses cheveux cendrés font des vagues comme l'eau de la rivière, comme les blés mûrs.

Esther choisit la plus grosse fleur, elle la tient dans ses mains et me regarde.

Pourquoi regarde-t-elle si longtemps sans toucher aux pétales ?

– Nous sommes déjà grands ? demande Esther.

– Bien sûr.

– Nous sommes presque des grandes personnes, n'est-ce pas ?

– Mais oui, bien sûr.

– Toi et moi ensemble, nous avons trente-trois ans et demi, n'est-ce pas ?

– Toi et moi, ça fait beaucoup d'années. Et nous pouvons même les compter, dis-je en serrant le poing gauche.

– Ça ne fait rien que je sois si pâle ?

D'abord je me fâche, et puis je réponds à Esther :

– Tu sais, je vais fermer les yeux, et toi, tu feras ce que tu voudras.

Je fais semblant de fermer les yeux, mais je regarde entre les cils.

Je vois Esther qui se penche sur la fleur et qui se met à en détacher délicatement les pétales.

Elle détache les pétales et parle à voix basse. Je n'entends pas, mais je sais ce qu'elle chuchote. Elle aussi se doute que je sais.

Oui-non, oui-non...

Je dois craindre que ça tombe sur « non ».

Esther a peut-être peur pour de bon. Il reste un tout petit peu de pétales, et elle les détache toujours plus lentement.

Elle a peut-être peur. Qu'en sait-elle ?

Pas moi.

Elle peut prendre la plus grosse fleur, elle peut prendre n'importe laquelle, elle peut les prendre toutes, et toutes répéteront le même mot.

Oui, oui, oui.

Les fleurs ne peuvent pas dire autrement.

Les fleurs savent.

– Izia, m'appelle-t-on doucement.

Mon père.

Mon Abraham Lipman.

Il ne serait pas venu nous déranger sans motif sérieux. Il faut qu'il y ait urgence.

– Tout de suite, dis-je.

Non sans peine, je me lève et je m'en vais. J'ai déjà quitté la cour, mais mes yeux sont encore là-bas, là où nous étions assis. Je vois Esther. Elle est pâle, sa tête est penchée. Ça n'a pas d'importance. Elle est au milieu, et des fleurs tout autour.

Qui a dit que les fleurs sont interdites ?

Qui peut interdire les fleurs ?

6

Avant le dix-septième coup

1

Sa voix est rêche, maintenant, et son regard perçant comme une alêne de cordonnier. C'est à croire qu'il va transpercer mes habits, mon visage, ma poitrine et mordre en plein cœur.

Schoger comprit qu'il avait eu tort de prendre le pion.

– Tu as une bonne amie ?

Isaac tressaillit. Il avait déjà levé la main pour faire le coup suivant, mais sa main trembla.

– J'ai fait une erreur, dit Schoger. Non, il ne s'agit pas du pion.

Isaac se taisait.

– Si tu ne comprends pas, je peux t'expliquer. Notre contrat n'était pas complet. Il fallait ajouter une clause. Celle-ci : ton sort sera aussi celui de ta bonne amie. Vous avez un seul et même destin, pas vrai ?

Isaac tressaillit de nouveau. La table de jeu avait disparu, la terre manquait sous les pieds, devant les yeux – le vide, noir, impénétrable et angoissant.

« Tu as une bonne amie ? »

– À toi de jouer, fit Schoger à voix basse.

« Tu as une bonne amie ?... Tu as une bonne amie ?... »

– À toi, répéta Schoger.

Isaac tendit la main et toucha la pièce.

Les doigts sentirent le bois travaillé, les contours familiers, seulement ce n'était pas le contour qu'il fallait, c'était une autre pièce, pas du tout celle qu'il voulait jouer.

Avant même de regarder l'échiquier, il le vit tout entier, aussi nettement qu'avant. C'était effectivement une autre pièce, entourée de toutes parts, et il ne fallait y toucher en aucune circonstance.

2

– Ma femme a donné naissance à une fille, Bassia, a dit Abraham Lipman.

3

Le soir, quand les gens rentraient du travail, Bassia se changeait et sortait de chez elle. Elle avait un chemisier pivoine à col échancré et une jupe sombre collante et courte. Elle se changeait et s'en allait dans les rues du ghetto. Les femmes la regardaient soit avec blâme et hargne, soit avec envie. Les unes la méprisaient, les autres l'admiraient. Les gens se font tous une idée différente des choses, et il en sera toujours ainsi. Bassia vivait comme il lui plaisait. Qui donc aurait pu dire si c'était bien ou mal ?

L'usage du rouge à lèvres était interdit aux femmes du ghetto, mais Bassia s'en moquait pas mal. Parce qu'elle avait les lèvres rouges comme le sang.

Bassia avait vingt ans.

Elle flânait, le menton haut, offrant orgueilleusement sa jeune poitrine. Elle croisait les mains derrière le dos, si bien que le col échancré du corsage s'ouvrait encore plus, laissant voir une peau blanche et, pouvait-on croire, jamais touchée (en réalité, ce n'était pas du tout le cas). Les superbes jambes faites au tour rythmaient le léger balancement des hanches, et la petite étoile jaune sur la poitrine était comme un ornement.

Partout, dans le monde, où vivent des hommes et des femmes, il peut se passer bien des choses. Toute sorte de choses. Quand la pénombre s'épaississait, on ne voyait plus Bassia dans les rues. Elle rentrait tard, pas toujours reconduite, mais heureuse que la journée n'ait pas été perdue, et le lendemain soir, au retour du travail, elle redescendait dans la rue, avec son corsage rutilant, sa gorge blanche découverte et son sourire satisfait et moqueur.

Au même moment, on voyait sortir de la maison voisine Rouva, un garçon de dix-sept ans aux épais sourcils noirs. Il allait lentement, d'un pas déhanché. La distance entre lui et Bassia était toujours de vingt pas, ni plus ni moins.

Bassia savait que Rouva la talonnait. Les premiers temps, c'était bizarre et elle en était gênée, puis elle s'y fit. Il était jeune, trop jeune encore, et si ça lui faisait plaisir, à ce garçon, de lui marcher sur les talons... La distance était toujours pareille, vingt pas, ni plus ni moins, et Rouva ne la gênait pas. Elle vivait sa vie, comme elle le jugeait à propos ; elle voulait que pas une journée ne soit perdue, parce que toute sa vie – mettons une quarantaine d'années de vie de femme – il fallait la vivre en un an, ou même en six mois, ou moins encore. Et lorsque, rarement, elle se retournait pour voir le visage de Rouva, elle ne le voyait pas, rien que la chevelure hirsute et les sourcils épais qui barraient le front. Il lui était bien égal que Rouva aille, la tête et les yeux baissés. Parce que plus tard, quand la pénombre du soir se sera épaissie, quand Bassia, encore plus animée, ne sera plus seule, Rouva ralentira le pas, perdra du terrain et s'éclipsera.

Bassia avait des yeux verts et perçants de chatte.

Tard dans la nuit, quand elle rentrait, elle voyait que quelqu'un était posté derrière le coin de sa maison, mais elle ne savait pas si c'était Rouva ou un autre.

Rouva disparaissait aussi lorsque Bassia recevait la visite du caporal Hans Rosing qui l'entraînait sous un porche et lui tenait des discours enflammés, mêlant les mots allemands, lituaniens et yiddish.

Rouva disparaissait, mais Bassia le savait tout proche, il entendait et attendait, un cri suffirait pour qu'il accoure.

Ces jours derniers, Hans venait toujours plus souvent, et ses implorations se faisaient plus pressantes. Il oubliait que les temps avaient changé, que le ghetto n'est pas le lycée où ils allaient en classe ensemble, que Hans Rosing n'est pas un lycéen, mais un caporal attaché à un service de l'état-major stratégique d'Alfred Rosenberg...

Encore une fois, ce soir, Bassia et Rouva étaient descendus dans la rue, penser leurs pensées, vivre leur vie. Ils avaient déjà traversé trois rues, la distance était de vingt pas, ni plus ni moins, la pénombre s'épaississait, se voilait des ténèbres translucides de la nuit d'été.

Bassia allongea le pas, on l'attendait, elle devait se hâter.

Elle s'arrêta en entendant la voix de Rouva :

– Attends.

Elle n'entendait que rarement cette voix, et s'étonna.

– Bassia, dit-il, Hans vient par ici. Peut-être veux-tu te cacher ? Il te cherche, tu sais.

– Hans ? Je n'ai pas à me cacher. Ça me fait toujours plaisir de le voir. Tu n'as donc pas remarqué ?

– Bon. Fais comme tu voudras, répondit Rouva.

On eût dit que la terre l'avait englouti.

Bassia se retourna et vit un uniforme brun à brassard rouge – le caporal Hans Rosing.

Il accourut, la saisit par la main et l'entraîna sous un porche. Il respirait péniblement, avait peine à reprendre son souffle, et ses yeux palpaient les joues satinées.

– De nouveau sur le trottoir ? fit-il en grinçant des dents.

– De nouveau sur le trottoir, répliqua-t-elle.

– Et c'est comme ça tous les jours ?

C'était stupide de sa part, car il savait ce qu'elle allait répondre.

– Tous les jours, répondit-elle.

– Je t'avais pourtant priée, je t'ai si souvent priée... – il baissa la tête, et sa nuque cramoisie, hérissée de poils doux, se gonfla, ce qui le fit ressembler à un taureau qui va foncer.

Il lui prit la main gauche.

Alors seulement elle s'avisa qu'il tenait tout le temps la droite, et dégagea les deux.

– Laisse-moi, dit-elle à voix basse pour ne pas que Rouva entende.

– Bon, tout ça, c'est des bêtises, reprit-il. Je ne suis pas venu pour parler de ça. Je ne te reproche rien, et je ne te rappellerai jamais rien. Tu dois comprendre quelle peine tu me fais. Tous les jours, tu... Et moi qui n'ai même pas le droit de te toucher la main !

Bassia souriait de son sourire moqueur et le regarda droit dans les yeux. Elle aimait sourire comme cela chaque fois et le regarder dans ses prunelles dilatées où luisaient des reflets humides.

– Ne me regarde pas, se rebiffa Hans hargneusement. Quand tu me regardes comme ça, je pourrais te tuer. Écoute plutôt ce que j'ai à te dire.

– Bien, je vais t'écouter. Et je ne te regarderai pas.

Les yeux baissés, elle regardait par terre et voyait les pavés de la rue, inégaux, usés par le temps.

« Des pierres dures, il y a longtemps qu'elles sont là, l'une contre l'autre. Elles resteront longtemps encore, des dizaines, peut-être même des centaines d'années. Elles ont la vie aussi longue que les siècles. Les gens les piétinent, les chevaux les frappent de leurs sabots, mais elles restent serrées l'une contre l'autre, sans remuer, dures et immobiles. Seul le tailleur de pierres, un homme aux muscles de fer armé d'une énorme masse, est capable de les briser. De les briser, non de les détruire. Et les morceaux demeureront serrés l'un contre l'autre et vivront éternellement et seront éternellement durs et immobiles. »

Bassia songeait aux pierres. Pourquoi cela ? Parce qu'elles étaient sous ses pieds ? Parce qu'elle regardait à terre ? Elle aurait été bien en peine de dire pourquoi elle pensait aux pierres ; du reste, cela n'avait aucune importance.

Hans parlait avec de grands gestes, il parla longuement, mais Bassia ne percevait que des bribes, peu lui importait ce qu'il disait et ce qu'elle répondait. À une seule et même question elle pouvait répondre oui ou non, sans y réfléchir.

Des lambeaux de phrases lui parvenaient :

– Mon père, tu sais... il est d'accord... on s'est entendu avec la logeuse... tu te cacheras dans un réduit... Il est muré, il y a deux issues... impossible à découvrir... je viendrai te retrouver chaque soir... un poste de radio, tout ce que tu voudras... je brûlerai tes étoiles jaunes, tu oublieras qu'elles ont existé... Mon père a tout arrangé... de vrais papiers, avec tous les tampons... dans un mois, je suis muté en Italie... Nous habiterons à Rome, puis à Venise... En Italie, il n'y a pas besoin de se cacher, tu oublieras tout... Pourquoi tu ne réponds pas ?

– Bien, dit Bassia. Oui.

– Tu deviendras italienne... Tu auras un passeport italien... nous te choisirons le plus joli nom italien... À Rome, il n'y a pas besoin de se cacher, et on se mariera...

– Oui, dit Bassia.

Il saisit ses mains et les pressa entre ses doigts brûlants, mais elle ne le remarqua pas, car elle songeait aux pierres.

– Je savais bien que tu serais d'accord, dit Hans. Je n'en doutais pas. Ce n'est pas encore pour aujourd'hui. Il faut arranger ta chambre. Mais demain soir, je viens te prendre et je t'emmène hors du ghetto. Tu m'entends ?

– J'entends.

– Attends-moi, ici, sous ce porche, demain à dix heures du soir. Tu entends ?

– J'entends.

– Bassia...

De nouveau, elle eut conscience que ses mains étaient entre les siennes et les dégagea. Elle leva la tête et sourit ; puis, laissant son sourire railleur sur ses lèvres, elle regarda Hans droit dans les yeux. Elle adorait sourire comme ça à chaque fois et regarder ses prunelles dilatées où luisaient des reflets humides.

D'un regard aigu, elle toisa Hans Rosing des pieds à la tête. Son uniforme brun ne faisait pas un pli, propre, net, repassé jusqu'à la moindre couture. Du bout des bottes, hautes et vernies, marquant le pas sur les trottoirs, jusqu'à la visière luisante de la casquette fichée bien à sa place, ni un millimètre trop haut ni un millimètre trop bas – tout l'uniforme brun collait si parfaitement au corps de Hans qu'il semblait ne pas être séparable de lui, du caporal attaché au service stratégique de Rosenberg. Tel qu'il était, il pouvait monter à la tribune. Y eût-il ici une tribune, le caporal Hans Rosing, de l'état-major stratégique de Rosenberg, y serait monté en faisant craquer ses semelles neuves sur les marches, se serait exhibé au public dans toute sa splendeur, aurait salué à l'hitlérienne, et puis se serait écrié :

« Mesdames et messieurs ! Mes amis ! Savez-vous ce que c'est que le Juif ? Le Juif, c'est notre ennemi héréditaire ! Mesdames et messieurs ! Mes amis !... »

Elle rit encore une fois et darda ses yeux verts sur les prunelles de l'homme.

– Bassia, pria-t-il. Ne me regarde pas comme ça. Quand tu me regardes...

– Je suis heureuse, Hans, parla-t-elle enfin. Tu sais, Hans, je suis contente et même heureuse.

– Mais oui, bien sûr...

– Attends, Hans, pousuivit-elle. Tu sais ce qui me rend heureuse ? Je suis très contente et très heureuse que tu n'aies pas été le premier homme que j'ai senti. Même si ça aurait parfaitement pu se produire, n'est-ce pas ? Et tu ne seras jamais l'homme avec qui je pourrai sentir quelque chose. Tu as compris, Hans ?

Hans Rosing, le caporal, tendit le cou et gifla Bassia.

– Putain ! hurla-t-il. Paillasse à youpins ! Tu as... tu as osé... – Et il la frappa au visage encore une fois.

– Assez. Et va-t'en d'ici ! dit Bassia, la tête fièrement levée.

Elle eut la sensation qu'un autre, un troisième, se trouvait à côté d'eux.

– Garce ! Garce ! sifflait Hans Rosing, et il allait gifler Bassia encore une fois.

C'est alors que parut Rouva.

– File d'ici ! Tu as entendu ce que t'a dit Bassia ?

– Il ne manquait plus que toi, ici ! Qui c'est ? Elle couche avec toi, oui ? Cette garce aux yeux de chatte ? Oui ?

Rouva s'arc-bouta, les poings serrés, et marcha sur Hans. Il s'approcha de lui et parla bas, mais très distinctement pour être bien compris.

– Fous le camp, Rosing. Et laisse ton étui tranquille, Hans Rosing. Parce que si je siffle les copains, ça bardera pour toi, caporal.

Hans retira convulsivement sa main, sortit de sous le porche à reculons. Arrivé au trottoir, il partit en courant. Il courut à toutes jambes jusqu'à la porte du ghetto, et après seulement, qui sait s'il repartit au pas.

Rouva aussi voulait partir. Ils étaient trop près l'un de l'autre. Sa distance était connue : vingt pas, ni plus ni moins.

– Attends, dit Bassia, et elle lui prit la main.

Il n'avait pas desserré le poing, et Bassia s'étonna que ce garçon de dix-sept ans eût le poing aussi gros, aussi massif, aussi dur.

– Tu travailles avec tous les autres ?

– Oui, répondit-il, je travaille avec les autres.

– Qu'est-ce que tu fais ? Artisan ?

– Non, je casse des cailloux.

Elle comprenait maintenant pourquoi il avait le visage gris : la poussière pierreuse s'était incrustée dans les pores. Avec les deux mains elle caressait le gros poing rude et dur tout en regardant par terre, là où les pierres étaient serrées l'une contre l'autre, dures et immobiles. Elle se rappela que tout à l'heure justement elle pensait aux pierres et aux mains qui les cassent. Il était étrange que Rouva, si jeune, casse des pierres, et que même brisées, elles resteront là longtemps, des siècles, longtemps comme la vie, tandis que lui, Rouva, qui casse ces pierres, on peut l'empoigner dès demain, ou même aujourd'hui, lui tordre les bras derrière le dos, l'embarquer dans un fourgon noir et l'emmener à Paneriai pour assassiner ces dix-sept ans qui ne connaissent pas encore la femme et n'ont jamais goûté sa caresse.

– Rouva, dit-elle. Viens. Tu veux venir avec moi ?

Étonné, il la regarda, et ses sourcils épais se haussèrent.

– Je vais toujours avec toi.

Elle ricana.

– Non. Aujourd'hui, je ne vais plus nulle part. Je n'irai plus là où j'aurais dû aller aujourd'hui. Tu comprends ?

Il se taisait.

Elle prit Rouva par la main et le conduisit. Elle allait devant, et lui un peu en arrière. Il ne voyait pas la route et ne savait pas où il allait. Il la regardait et croyait voir pour la première fois d'aussi près les jambes de Bassia, qui lui faisaient une démarche si souple, son cou long et tiède, ses yeux verts à l'éclat étrange et ses lèvres écarlates. Elle se retournait fréquemment vers lui, et il se disait qu'il aurait été bon d'acheter un cadeau coûteux et resplendissant et l'agrafer à sa poitrine au lieu de cet ornement familier – l'étoile jaune.

– Allons plus vite, dit Bassia. On pourrait nous voir.

– Et après ? fit-il. De quoi as-tu peur ?

– De rien. Je n'ai rien à craindre. Mais toi, tu n'as peut-être pas envie d'être vu avec moi. Je suis déjà vieille et toi, tu es si jeune.

– Tu as vingt ans, répliqua-t-il.

– Non, non ! Trente ans, même trente-cinq, peut-être. Tu ne savais pas que j'étais aussi vieille ?

– Ça ne fait rien, tu n'as que vingt ans. Peu importe. Rien que vingt ans.

Elle rit derechef, et ses yeux verts brillèrent.

– Je te plais ? demanda-t-elle.

– Oui, beaucoup, répondit Rouva.

– Ce n'est plus loin. Tu connais cette maison ?

– Non.

– En bas, il y a une espèce de réduit. Personne n'y a jamais été. Je viens quelquefois m'asseoir ici. Quand j'ai envie d'être seule.

Ils descendirent quelques degrés de guingois, poussèrent une porte grinçante.

– Tâche de ne pas tomber, dit Bassia. Ne lâche pas ma main.

Rouva se taisait.

– Dans le coin, devant la fenêtre, tu vois ? Il y a un banc. Mon banc. Passe et assieds-toi.

Ils étaient assis côte à côte et se taisaient.

– Ça te plaît, ici ?

– Beaucoup, oui.

– Je te dis que personne n'est venu ici avec moi.

– Je sais, dit-il. Tu crois que je ne sais pas ?

– C'est vrai ? Alors, qu'est-ce que tu attends ?

– Je ne sais pas.

– Tu m'aimes, Rouva ?

– Oui.

– Touche-moi. Pourquoi ne me touches-tu pas ?

Elle se serra contre lui, et il lui enlaça gauchement les épaules. Il sentait son cou chaud et il avait peur de faire un mouvement. Il toucha délicatement la petite étoile et voulut l'arracher pour mettre à la place un cadeau qu'il ne possédait pas.

Elle se tourna vers lui, ses bras se nouèrent autour du cou de Rouva et elle l'embrassa sur les lèvres. Il goûtait la douceur de ses lèvres et regardait les yeux verts qui brillaient comme des yeux de chatte.

– Serre-moi plus fort, dit-elle.

– Je ne veux pas. – Et il retira son bras.

– Tu ne m'aimes pas ?

– Si, je t'aime.

– Alors pourquoi tu...

– Ce n'est pas la peine, l'interrompit-il.

– Pas la peine ? s'écria-t-elle.

– Pas la peine.

– Mais je n'ai rien d'autre à te donner. Je n'ai rien.

– Ça ne fait rien. Ce n'est quand même pas la peine.

Alors elle prit sa tête entre ses mains, enfouit le visage dans ses genoux et pleura.

Il était assis à côté d'elle, enlaçant ses épaules secouées par les sanglots, il caressait les cheveux de Bassia et ne la consolait pas. Il se taisait, et de temps en temps, répétait une seule et même phrase :

– Ne pleure pas, Bassia. Il ne faut pas pleurer. Il ne faut jamais pleurer.

7

Dix-septième coup

1

– Vas-y, vas-y, répéta Schoger pour la deuxième fois déjà, mais Isaac ne bougea pas.

La main se refusait à saisir cette pièce qu'il n'aurait pas fallu toucher. Isaac portait la main en avant, mais elle résistait obstinément.

Schoger ricanait.

– Pièce touchée, pièce jouée.

« Oui », se dit Isaac, et il céda la pièce qu'il n'aurait pas fallu toucher.

« Encore une erreur, et je devrai effectivement abandonner. Je resterai en vie par erreur. C'est drôle... »

Très satisfait, Schoger ricanait :

– Tu te fais de la bile ? demanda-t-il. Pas la peine. Aujourd'hui tout va comme il se doit. C'est ta faute, tu m'as appris à bien jouer. Tôt ou tard, je devais gagner. C'est normal.

« Je pense constamment à la partie nulle. C'est encore trop tôt. Il faut d'abord prendre l'avantage, et alors seulement songer à la nulle. Aujourd'hui aussi, il faut jouer pour gagner, nous verrons après. Je dois tout oublier. Rien n'existe, ni l'univers ni les hommes, rien que cet échiquier, les pièces et Schoger. Pour gagner, il faut combattre... »

2

De nouveau, nous rentrons du travail. Le chemin est long, la marche est dure.

Le matin, c'est bien autre chose. C'est la même route, mais beaucoup moins dure.

Ceux du premier rang essaient de ralentir. Ils y réussissent souvent, mais pas toujours. Les gardiens ont hâte de rentrer, et ils veulent qu'on se hâte, nous aussi. Ils ne savent pas, eux, que la route du soir est plus longue que celle du matin.

En rentrant au ghetto, il faut penser, penser tout le temps. Pas au travail, ni à la nourriture, ni aux frères et sœurs, à autre chose, à n'importe quoi. C'est le moyen d'oublier la route, la fatigue et tous les ennuis au monde.

Moi, je pense à Esther et à Janek.

Le Rouquin m'embête tout le temps, aujourd'hui. Il a évidemment un autre nom, mais tout le monde l'appelle le Rouquin. Il est effectivement rouge, tout entier. Les cheveux comme une flamme, la figure comme de la braise, et des oreilles décollées diaphanes et roses. Il est comme un poteau, de deux têtes plus grand que moi. Il marche devant, mais tout d'un coup, il se retourne et me toise de la tête aux pieds. Nous allons toujours. Au bout de quelque temps, il se retourne de nouveau et me regarde.

Il est bien rare que le Rouquin entame la conversation avec moi. C'est tout au plus s'il me fait quelquefois rigoler. Il est cocasse, le Rouquin. La bouche béante, la lippe agressive, les mains en cornet, portées à ses oreilles décollées, il se met soudain à aboyer furieusement – et voilà un cabot tout craché. C'est tordant.

Ce que je ne comprends pas, c'est pourquoi il n'arrête pas de me dévisager, ce soir.

– Laisse-moi tranquille, le Rouquin, fais-je silencieusement, avec les lèvres.

Il comprend et se détourne, non sans m'avoir exhibé sa mine de chien.

– Ne te fâche pas, dit Janek.

C'était hier.

– Ne te fâche pas que je vous embête, toi et Esther. Je sais que vous avez envie d'être seuls, dans votre cour. Et moi, j'arrive, je me mets à califourchon sur le rondin et je vous gêne.

– Finis d'inventer des bêtises, lui dis-je. Ça ne sert à rien.

– Je ne dis pas de bêtises. Mais depuis qu'on a enterré Meika, je n'arrive pas à le retrouver. Il y a beaucoup de braves types, ici, et toi tu es mon ami maintenant. Seulement, il ne faut pas m'en vouloir, mais même toi, tu ne peux pas remplacer Meika. Il me manque tout le temps. Tandis qu'Esther, elle me le rappelle, ils se ressemblaient, à cela près qu'elle est une fille et lui un garçon. Je ne vois pas Esther de toute la journée, c'est pourquoi, le soir, je grimpe sur le rondin, je la regarde et je me souviens de Meika.

– Tu ne nous gênes pas du tout, ne dis pas de bêtises.

– Je sais ce que je dis. Je te prie seulement de ne pas te fâcher. Parce que, de toute façon, je viendrai.

Ou bien il ne comprend pas, ou bien il ne veut pas comprendre qu'on aime encore mieux que Janek soit là. Parce que alors, on n'a pas du tout honte l'un vis-à-vis de l'autre, on peut se dire tout ce qui nous passe par la tête, et attendre que Janek dise lui aussi son mot.

Vraiment, je ne sais pas comment le convaincre.

Parce que quand il s'est mis quelque chose dans la tête, ce n'est pas facile de le faire changer d'avis.

– Si Meika était là, dit Janek, il aurait trouvé quelque chose. On ne resterait pas à se regarder en se croisant les bras. On saurait ce qu'on a à faire.

Je suis terriblement vexé.

– Ne te fâche pas, dit Janek. Tu es un chic type et un bon copain, mais Meika me manque tout de même.

Je rêve du jour où Janek me prendra les épaules et me dira à l'oreille :

– Tu es tout à fait comme Meika.

Qu'est-ce que je pourrais bien faire pour que cela arrive réellement ?

Ce soir, je lui raconterai l'histoire de Haïm. Je lui dirai que moi aussi, j'aurais pu faire comme Haïm. Peut-être que Janek me croira, et alors... Je ne veux pas mentir, mais Janek a de la peine, il ne peut pas trouver Meika.

Il faut absolument que je raconte l'histoire de Haïm, ce soir.

Mon ami Haïm est de deux ans mon aîné. Râblé, large d'épaules, le nez en bec d'aigle – il est là, bien vivant devant mes yeux.

Haïm ne peut pas rester tranquille, il faut toujours qu'il soit le premier, pour la rigolade comme pour la bagarre. Il s'est mis dans la tête qu'il fallait faire sauter la Gestapo. On lui a dit qu'il fallait d'abord tout peser mûrement, bien se préparer et opérer en commun au bon moment. Mais Haïm, cela le faisait rire.

– Attendre ? disait-il. Grand merci. Votre serviteur. Je ne fais que ça, attendre. J'ai attendu toute ma vie. J'en ai marre d'attendre.

Un jour, alors qu'on travaillait dans les entrepôts, un convoi de munitions est arrivé, Haïm s'est approché du dernier wagon sans être vu, il a coupé les scellés et il est entré à l'intérieur. Il en est ressorti, tout boursouflé à cause des tablettes de TNT cachées sous ses vêtements. Il croyait que personne ne voyait rien et qu'il pourrait remettre les scellés.

Seulement les Allemands l'ont aperçu et l'ont entouré. Il s'en est rendu compte trop tard et il a couru dans le champ. D'abord, il a sauté pardessus les rails, puis il a couru en plein champ, à découvert.

Alors, les Allemands ont commencé à tirer.

Ils n'ont pas tué Haïm.

Ils l'ont pris vivant, l'ont amené à l'hôpital de la prison. Schoger le visitait chaque jour. Les meilleurs médecins ont soigné Haïm. Il commençait effectivement à se remettre. Schoger lui caressait les cheveux et ne demandait qu'une chose :

– Dis-moi, Haïm, c'était pour qui, les explosifs ?

Haïm ne disait rien.

Schoger était patient, il revenait tous les jours.

– Dis, pour qui c'était, Haïm, et tu reviendras sain et sauf au ghetto.

Un jour, Haïm n'y tint plus et répondit :

– C'était pour vous, dit-il. C'est pas possible que vous soyez idiots au point de ne rien comprendre. Si je reviens au ghetto, j'en apporterai encore, et encore pour vous. Et moi, je veux tous vous faire sauter, Schoger... Le jour viendra où nous démolirons le mur du ghetto, et on te pendra au milieu sur la plus haute potence !

C'est l'infirmière, une Lituanienne, qui nous a raconté tout ça. Elle était hier à l'hôpital du ghetto.

Oui, ce soir, il faut absolument que je raconte cela à Janek. Je lui dirai que j'aurais pu faire la même chose. Janek doit me croire sur parole, parce qu'il a beaucoup de peine, il n'arrive toujours pas à retrouver son ami Meika.

Je veux que Janek trouve un ami.

Le Rouquin recommence à m'embêter. Il se retourne tout le temps et me toise de la tête aux pieds. Qu'est-ce qu'il me veut, ce Rouquin, je me le demande. Avant, il me parlait pour ainsi dire très rarement. Maintenant, il se retourne sur moi assez souvent. Depuis la fois où on a apporté les fleurs au ghetto. Qu'est-ce qu'il veut ?

Je pense à Esther.

Aussitôt rentré à la maison, je vais me laver, mettre ma chemise bleue et courir vers la grosse dalle de pierre polie. Quand on est assis comme ça sur un degré, on entend tout ce qui se fait dans la maison, le moindre bruit. Le bruit d'une porte, le craquement des vieilles marches de bois, un frôlement de pas.

Et puis, nous irons dans notre cour.

Dans la cour, nous avons apporté une pleine caisse de terre et nous l'avons arrosée. Esther a pris une poignée de marguerites et les a plantées dans la terre. Ça a fait un merveilleux jardin dans la caisse – des corolles blanches, des points jaunes. Esther pense-t-elle vraiment que des marguerites arrachées peuvent prendre dans une caisse ? Je n'ai rien dit, quoique sachant parfaitement que lorsque nous arriverons demain, toutes les fleurs seront fanées.

Je ne pouvais pas discuter avec Esther, si elle avait envie de faire pousser un jardin dans une caisse.

Même quand les marguerites seront fanées, on pourra détacher les pétales. Oui-non, oui-non, oui-non.

Toutes les fleurs doivent dire le même mot.

Ça ne peut pas être autrement.

Le Rouquin me regarde.

Maintenant, ça ne me gêne plus. Nous sommes dans le ghetto, nous avons franchi la porte. Tout de suite, je vais rentrer à la maison, mettre ma chemise bleue et courir vers la dalle polie.

Le Rouquin m'appelle doucement et me prend par la main.

– Viens, Izia.

Il a une drôle de mine mystérieuse, et je ne comprends pas quel genre d'affaire on peut avoir, le Rouquin et moi. Il est de beaucoup mon aîné, et nous ne sommes pas du tout copains.

Nous nous arrêtons juste derrière la maison où les hommes m'ont donné les fleurs, une chacun. Le Rouquin s'adosse au mur, il tend son long bras et ses doigts tourmentent le bouton de ma vareuse.

J'attends.

– J'ai causé avec ton père, et maintenant je veux causer avec toi.

Ainsi parle le Rouquin, et à sa mine bizarrement grave, je commence à comprendre de quoi il va être question.

– Tu sais qu'il existe une organisation au ghetto ?

– Je sais, oui.

– Tu sais de quoi les partisans ont besoin, Izia ?

– Je ne sais pas... D'armes, probablement.

– D'armes aussi, ça va sans dire. Mais avant tout, ils ont besoin de combattants.

Mon cœur bat à tout rompre, le bout de mes doigts devient froid. Depuis longtemps, j'attendais qu'on me parle enfin de cela, mais je ne pensais pas que ce serait le Rouquin qui parlerait.

– Écoute, le Rouquin, dis-je avec un gros soupir. Est-ce que tu crois vraiment que je ne comprends pas des choses aussi simples ?

Je me tais et j'attends la suite.

Le Rouquin sourit à peine.

C'est fou ce qu'il est comique, le Rouquin ! Quand il sourit comme ça, il ne lui manque qu'une moustache pour faire un chat. Encore un peu, il va ouvrir la bouche et miauler.

– C'est bien ce que je pensais aussi, dit le Rouquin. Et il ajoute : Toute l'organisation est morcelée en groupes de trois. Il faut croire que vous aussi, vous serez trois.

– Mais oui, mais oui ! Nous sommes justement trois : Janek, Esther et moi.

– Tu vois comme tout s'arrange bien. – Le Rouquin a l'air content. – L'un de vous sera le chef comme qui dirait. Pensez-y. Qui est-ce qui sera votre chef ?

Je réfléchis. Il faut croire que je réfléchis assez longtemps, puisque le Rouquin, adossé au mur, une patte repliée, comme un coq, change de pied une fois, puis une autre. Je comprends qu'il n'y a pas à tergiverser, et je dis :

– C'est Janek qui sera le chef. Ça va ?

– Ça va.

– Tu connais Janek ?

– Oui, je le connais bien.

Le Rouquin me raccompagne jusqu'à la maison.

– Tu sais où j'habite ? demande-t-il.

– Oui.

– Revenez tous les trois dans une demi-heure. On commencera à travailler.

Le Rouquin s'en va.

Je cours vers la porte. Aujourd'hui, il faut faire encore plus vite que d'habitude. Le temps de me laver, d'enfiler ma chemise bleue et de courir vers la dalle de pierre polie. Je prendrai Esther par la main et nous appellerons Janek. Je leur raconterai la nouvelle, et ils danseront de joie. Oh, quelle joie ce sera pour eux !

Je ne conterai pas à Janek l'histoire de Haïm.

À quoi bon ? De toute façon, Haïm ce n'est pas moi.

Aurais-je pu agir comme Haïm ?

Je ne sais pas...

À quoi bon raconter cette histoire ?

Nous formons un trio maintenant.

Un trio !

– Izia ! Izia ! j'entends une voix que je ne m'attendais pas du tout à entendre ici en cet instant.

– Esther ? Bouzia ? D'où sors-tu ?

Nous nous tenons dans l'escalier.

Esther m'attendait.

La lumière est blafarde, mais je vois qu'elle a les yeux rouges. Elle se précipite, s'abat contre ma poitrine. Ses cheveux cendrés me chatouillent les joues et je crains de faire un mouvement.

Esther pleure et dit dans un souffle :

– Izia, Janek est parti. On a emmené beaucoup de monde aujourd'hui, et Janek avec eux.

Je reste pétrifié ; les marches froides et sombres dansent devant mes yeux.

Je secoue les épaules d'Esther.

Je me mords les lèvres jusqu'au sang.

Non !

Ce n'est pas possible !

On n'a pas emmené Janek...

On a pu m'emmener, emmener Esther, mais pas Janek. Il est impossible d'emmener Janek, parce qu'il est Janek. Il cherchait Meika. Il a dit que la ville, c'est aussi un ghetto, mais sans mur. Il...

– Ils l'ont emmené. Janek est parti. Il y a longtemps que je suis ici à t'attendre.

– Ne pleure pas, Esther. On n'a pas pu l'emmener.

Je lui dis cela, même si je sais parfaitement que je divague, qu'on a vraiment emmené Janek et que je n'ai aucun moyen de la consoler, ni de me consoler moi-même.

– Nous retrouverons Janek, tu verras.

C'est à moi-même que je dis cela, autant qu'à elle.

– C'est vrai ? Nous allons le chercher ?

– Bien sûr que c'est vrai. Janek a mis une étoile jaune de bon gré. Il aurait pu rester de l'autre côté du mur, mais il est venu. Nous ne pouvons pas nous croiser les bras. Il faut que nous cherchions Janek.

– Nous irons ensemble, pas vrai, Izia ?

– Oui, ensemble.

– Et nous le trouverons, n'est-ce pas, Izia ?

– Nous le trouverons. Il faut qu'on le trouve.

– Izia... S'ils l'avaient emmené à Paneriai ?

– Non, il est impossible d'emmener Janek à Paneriai. Il se sauvera. Les hommes le feront évader, on ne laissera pas emmener Janek à Paneriai. Puisque c'est Janek !

– Pourquoi n'êtes-vous que deux ? demande le Rouquin.

Il nous attendait, maintenant il questionne.

Nous ne répondons pas.

– Où est le troisième ? interroge le Rouquin.

– Nous sommes trois. On a l'air d'être deux, mais on est trois, dis-je.

Le Rouquin cligne des yeux. Ses cils blancs lui font constamment un air étonné.

– Je ne vois pas Janek, dit le Rouquin.

Alors, Esther n'y tient plus.

– On l'a emmené aujourd'hui, dit-elle, la tête basse.

– Sale histoire, fait le Rouquin, tête basse, lui aussi. Mais un trio est un trio. Il faut encore quelqu'un, et vous devrez vous chercher un troisième.

Je m'obstine.

– Non, nous sommes trois. On a seulement l'air d'être deux. Janek est avec nous, maintenant et toujours.

Lui aussi s'entête.

– Ça ne fait rien. Il faut un troisième. Un trio est un trio.

– Non ! faisons-nous en chœur, Esther et moi. Nous sommes trois !

– J'ai dit que Janek est notre chef, et il sera notre chef.

Je fusille le Rouquin de mes yeux méchants. Si je savais, je collerais mes paumes aux oreilles, je ferais la lippe et j'aboierais comme il le fait. Pas pour le faire rire, mais pour le faire enrager.

Le Rouquin réfléchit.

– Bon, fait-il. J'ai cru que vous n'étiez que deux, je me suis trompé.

Il nous guide à travers des caves, des boyaux, nous escaladons des pans de murs pour arriver enfin dans un cagibi minuscule. En guise d'ameublement, une petite table et un tableau noir au mur.

Le Rouquin extrait d'une cachette deux mitraillettes allemandes.

– Commençons, fait-il posément. Vous trois, Janek, Esther et Izia, composez un trio de combat.

Et il me semble que nous sommes effectivement trois, que Janek est avec nous.

– Notre mission est de défendre le ghetto en cas de nécessité et de faire passer dans la forêt le plus grand nombre de gens possible. Chaque trio a son poste dans le ghetto. Écoutez et tâchez de bien vous rappeler : si vous entendez le mot d'ordre « Début », rejoignez immédiatement votre poste. Plus tard, je vous dirai où ce sera. « Début », c'est bien compris ?

Nous écoutons, et nous nous rappellerons, bien entendu.

Esther touche ma main, mais ne quitte pas le Rouquin des yeux.

– Vous êtes maintenant un trio de combat.

Le Rouquin répète pour que nous sachions bien qui nous sommes.

– Vous êtes un trio de combat.

On se rappellera.

Le Rouquin nous appelle par nos noms, et il me semble que nous sommes ici tous les trois : Janek, Esther et moi.

8

Après le dix-septième coup

1

– Maintenant, dit Schoger, on peut se reposer un peu. Faisons une pause.

Le combat inégal sur l'échiquier cesse pour quelque temps. Isaac reste à sa place, tandis que Schoger se lève, les mains derrière le dos, et marche de long en large, les yeux rivés au sol.

Ses pas sont grands, un peu trop grands, peut-être, mais d'allure très martiale.

La foule qui entoure les joueurs s'écarte, le cercle se fait plus vaste. L'espace du milieu ressemble à l'arène d'un cirque sans joie et, dans cette arène, un méchant magicien évolue. Tu le regardes attentivement, mais tu ne devineras jamais vers qui il pointera sa baguette noire et brillante. Peut-être un corbeau croassant s'en échappera-t-il, peut-être un homme restera-t-il flottant dans les airs, sans toucher terre, peut-être sa bouche ouverte, ses oreilles mouvantes et ses narines cracheront-elles du feu, de vraies flammes.

« Moi aussi, je peux me reposer ? se demande Isaac. Me rappeler quelque chose, penser à quelque chose d'autre... Certainement pas. Je me reposerai après. Parce qu'il faudra bien que ce jeu finisse un jour. La nuit tombera, l'horloge sonnera minuit... Je dois tout oublier... Le monde n'existe plus, ni tous ces gens autour de moi, rien que l'échiquier et les pièces dessus. Et je dois gagner pour que la partie puisse être nulle... »

Schoger déambule sur le pourtour à pas trop grands, d'allure martiale.

– Suffit ? demande-t-il bientôt.

Isaac ne répond pas.

– On y va ?

Isaac regarde Schoger qui approche et se dit : « Ses bottes ferrées martèlent le pavé. S'il faisait nuit, on verrait sûrement des étincelles. Il faudrait les éteindre. Lui, c'est le magicien avec sa baguette, et moi je voudrais être un Indien pour le scalper.

« Il ne peut pas gagner.

« Il ne doit pas gagner. »

2

– Ma femme a donné naissance à notre fils Kasriel, a dit Abraham Lipman.

3

Une nuit comme les autres, toute noire. En hiver, il est vrai, les nuits sont encore plus noires. Ou plutôt en automne, quand tout est noir. Les toits noirs, la terre noire, le ciel noir, imbibé d'encre. J'aimerais savoir ce que ressent alors l'homme qui a l'âme noire comme la nuit ?

Je crois que je sais ce que ressent alors l'homme qui a l'âme noire comme la nuit. Il peut, sans broncher, faire le tour du monde, il aura raison de tout : cet homme se dissoudra dans les couleurs sombres de l'univers et ne verra ni cet univers ni soi-même. Aucune différence de couleur. Tout est pareil. Impossible de rien distinguer : ni l'âme, ni le ciel, ni les toits noirs.

Mais nous sommes en été. La nuit est vaguement translucide, comme un verre gris-bleu. Pour qu'elle devienne plus sombre, il faut plisser les yeux. L'œil humain est un outil parfait. On peut le tenir mi-clos, ou tout à fait clos. Quelle étendue de registre, depuis le piano-pianissimo jusqu'au forte-fortissimo ! Quelle ampleur ! Vous en faut-il davantage ?

La lune brille, il y a des étoiles sans nombre. La lune se retourne d'un côté sur l'autre, comme pour se mettre plus à l'aise. Celle-là n'a d'autre souci que son sempiternel amusement : un côté diminue, l'autre grossit, elle tourne et retourne à sa guise, sans pour autant froncer son nez camus d'Asiatique. Pourquoi le froncerait-elle, d'ailleurs, aucun risque de rhume, pas besoin de mouchoir.

Les étoiles sont autant d'aiguilles qui piquent les yeux. On a beau chercher, il n'y en a pas deux qui brillent pareillement : rouges, vertes, bleues, dorées et d'autres dont on serait bien en peine de dire la couleur.

Elles aussi, on peut en venir à bout. Il n'y a qu'à fermer les yeux. Allez hop ! Plus d'étoiles, plus de lune ! Rien de rien.

Ce n'est pas une besogne de tout repos que de discuter avec moi, quoique je n'aie pas eu le temps de finir l'université. Même pour moi, c'est trop dur !

Je ferme les yeux, tout disparaît, et je peux affirmer que le monde réel n'existe pas, que tout n'est qu'illusion. Je vois tout comme il me plaît. Qui donc a dit que la nuit est noire, que la lune brille ? Je vous affirme, moi, que la nuit est blanche comme le jour et que la lune n'existe pas – une simple tache, bonne à rien. Mais si la nuit noire est le jour blanc, si la lune n'est qu'une vulgaire crêpe jaune, c'est que moi, je ne suis pas la vermine dénommée homme, mais la bête dénommée surhomme.

Oui, parfaitement, moi, Kasriel Lipman, je suis un surhomme.

Le silence règne dans le ghetto. Les gens dorment, se reposent, gémissent ou crient dans leur sommeil ; ils savent qu'au petit jour la route poudreuse les conduira vers les camps de travail, et ils ignorent ce que leur promet la journée du lendemain : il est possible qu'on dynamite le ghetto, il est possible aussi qu'on emmène tout le monde à Paneriai... Peut-être les gens gémissent-ils, peut-être crient-ils, peut-être encore s'étreignent-ils pour perpétuer la race. Je ne les entends pas, je ne les vois pas. Ils ne sont que poussière grise, que bêtes de somme, tandis que moi, le surhomme, je fais ce que bon me semble.

Sans hâte, je vais à travers les rues silencieuses du ghetto. Je vais vers un portillon coincé entre deux maisons. Je frapperai cinq fois, puis encore une. Le factionnaire m'ouvrira et me conduira jusqu'à Schoger. Schoger m'attend, trépignant d'impatience. Il m'invitera à quitter ma vareuse ornée d'étoiles jaunes et me fera asseoir à table comme un égal. Il me donnera une tape amicale sur l'épaule en disant :

– Assieds-toi, Kasriel, et mange ! Nous parlerons affaires plus tard, nous avons tout notre temps.

Sur la petite table basse – du cognac français, de la bière tchèque, de la vodka russe. Dans la chambre voisine, une belle Polonaise, marquée à la hanche (pour l'empêcher de s'évader), qui vient tout droit de la maison « *Nur für deutsche Offiziere* ».

Schoger se frottera les mains, et ses yeux gris striés de rouge brilleront comme de fausses pierres grossièrement taillées.

La tête basse, je vais lentement à travers les rues endormies vers le portillon. Je suis un surhomme, car la nuit noire est plus blanche que le jour, et la lune n'est qu'une crêpe grimaçante. Surhomme, je dois m'approcher du portillon et frapper pour que l'on m'ouvre.

Ce n'est pas une besogne de tout repos que de discuter avec moi, quoique je n'aie pas fait l'université.

Je n'ai pas lu que Nietzsche. J'ai aussi lu Schopenhauer, et Spinoza, et Freud, et les apôtres du Christ, j'ai lu les Écritures et j'ai lu Karl Marx. C'est Karl Marx qui a dit : nous n'avons rien à perdre, sauf nos chaînes. Évidemment, celui qui n'a plus rien n'a rien à perdre. Je pourrais compléter à ma façon l'aphorisme de Karl Marx : on peut perdre la vie, mais je le compléterais autrement. Mes amis, mes frères et mes sœurs, ils ruminent un soulèvement, ils se préparent à rejoindre les partisans – ils sont prêts à tout. Chaque jour, en rentrant du travail, ils apportent au ghetto des armes et des munitions. À lui tout seul, Schoger ne peut pas les pincer, il ne peut pas découvrir les cachettes. C'est ici que je compléterai Karl Marx. Je vais rejoindre Schoger, il m'attend, trépignant d'impatience. Je sais qui apporte les armes au ghetto. Je sais où on les cache.

Pour moi, la nuit noire est blanche comme le jour. Par une de ces nuits blanches, Schoger raflera toutes les armes planquées, et puis il fusillera tous ceux qui prétendaient se rallier à ces apôtres du Christ. Qu'est-ce que cela peut bien me faire ? Je ne verrai ni n'entendrai rien. Donc, il n'y aura rien eu. Je serai attablé devant le guéridon, à m'abreuver de vodka russe, à siroter du cognac français, à lamper de la bière tchèque, à peloter la belle Polonaise à la hanche marquée.

Schoger est le contraire d'un imbécile. Parlons-en ! Il savait ce qu'il faisait quand il m'a choisi. Il a lu dans mes pensées comme dans un livre ouvert. S'il avait choisi mon père, une de mes sœurs, ou même ce gamin d'Isaac, il aurait fait chou blanc. Il aurait pu les découper en petits morceaux, comme un boucher ses quartiers de viande, sans rien obtenir que le silence, un silence que ni moi ni personne ne saurions désigner autrement. Mais Schoger est intelligent. C'est sur moi qu'il a arrêté son choix.

Je marche à travers les ruelles endormies, silencieuses du ghetto, les mêmes où je marchais il y a exactement une semaine. Alors aussi, la table était servie. Et Schoger était très aimable.

– Assieds-toi, Kasriel, et mange, a-t-il dit gentiment.

– Je n'ai pas faim, merci, ai-je répondu.

– Assieds-toi, Kasriel, et bois.

– Je ne bois pas, merci.

– Ne fais pas l'idiot, Kasriel, et viens ici, plus près. Mets la main sur la table. Comme ça, la paume en bas. Maintenant, regarde-moi.

Il sort de son étui un petit browning d'acier fileté.

– N'aie pas peur, je ne vais pas te tuer.

Il a saisi l'arme par le canon et assené un coup violent avec la crosse sur l'ongle de mon petit doigt. Il brandit le browning encore une fois et frappe l'ongle suivant, puis encore et encore. Il ne frappe que sur les ongles. Il est passé maître dans cet exercice : pas une égratignure sur les doigts !

– Assieds-toi, Kasriel, et mange, ce n'est plus la peine de faire l'idiot, maintenant, dit-il gentiment.

Je me suis assis et j'ai mangé.

J'ai mangé longuement, en me forçant pour avaler chaque morceau.

Schoger, assis en face de moi, hochait tristement la tête.

– Tu vois, je le savais bien que tu avais faim.

Quand je me suis essuyé la bouche, il a dit doucement :

– Bois maintenant. Si on commençait par la vodka ? J'aime ça, la vodka russe.

– Merci, je ne bois pas.

Schoger est vexé.

– Allons donc ! Bon, donne ta main.

Je tends l'autre main et je la mets à plat sur la table, la paume en bas.

Schoger s'étonne.

– Kasriel ! Tu tiens à t'abîmer l'autre main ? Je m'en voudrais ! Donne plutôt la première. Ça lui est égal, maintenant.

Je lève l'autre main et je la mets sur la table, à plat. Schoger brandit son browning, le coup porte sur la table, les assiettes, les bouteilles, les verres tintent plaintivement, mais Schoger ne me fait pas grief d'avoir retiré ma main aux ongles bleus. Je tiens déjà dans cette main un verre de vodka, je veux boire.

– Tu vois, Kasriel, je savais bien que tu voulais boire, dit-il.

Puis, j'ai bu à petites gorgées un cognac de marque, et j'ai lampé de la bière de Pilsen.

Edwige, la belle Polonaise aux cheveux dénoués, est sortie de la pièce voisine.

– Tu vois ? dit Schoger. C'est Edwige. Une fille parfaite. N'est-ce pas, Edwige ?

Elle sourit, découvrant une impeccable dentition de nacre.

– Et maintenant, sors, Edwige.

Elle obtempère.

– Laissons-la pour la prochaine fois. D'accord, Kasriel ?

– D'accord.

– Tope là ! dit Schoger. Ah oui, tant que j'y pense, je peux te faire voir des photos. Veux-tu ? Tu verras des mains aux doigts coupés, tu verras...

– Inutile, fis-je, et j'ai avalé coup sur coup trois verres de vodka.

Schoger est content.

– Je savais bien qu'on s'entendrait.

Nous sommes convenus de nous retrouver dans une semaine.

Et voilà, j'y vais.

Je vais lentement, tête basse, à travers les rues endormies. Je m'approcherai du portillon encaissé entre deux maisons, je frapperai cinq fois, puis encore une, on m'ouvrira, et le factionnaire me conduira jusqu'à Schoger.

Schoger attend. Il attend avec impatience. Sur le guéridon – la vodka russe, le cognac français et la bière tchèque, et dans la chambre voisine, Edwige, la belle Polonaise marquée à la hanche, une fille parfaite.

Je sais tout. Je sais qui apporte les armes et où on les cache. J'ai tout appris durant cette semaine. Auparavant déjà, je savais des choses, et Schoger m'a accordé un délai trop long. L'imbécile ! Pourquoi m'a-t-il accordé un si long délai ? Alors déjà, la première fois, au lieu de me faire manger et boire, il lui aurait suffi de me trancher un doigt ou deux, et j'aurais tout craché. L'abruti ! Il pense que si lui ne sait rien, c'est que les autres non plus ne savent rien. Au fait, le deuxième doigt n'y aurait pas passé – j'aurais parlé après le premier.

Il s'est trompé, Adolf Schoger. Maintenant, en revanche, il est sûr de son fait. Il trépigne d'impatience, mais il est absolument convaincu que je viendrai, que je frapperai cinq fois, puis encore une, et que je me présenterai devant lui.

C'est un homme intelligent, Schoger.

Je viens effectivement.

Je marche depuis longtemps déjà, et je déteste la lune, cette crêpe jaune grimaçante, et les myriades d'étoiles piquantes, ce foisonnement d'aiguilles irisées.

Je suis fatigué, j'aimerais bien souffler un peu.

Tout à côté, derrière cette maison, là-bas, il y a une fente obstruée d'orties et d'ordures – c'est mon havre de paix. Jamais personne n'est tombé dessus. On peut y rester toute la journée et toute la nuit à méditer sur l'irréalité du monde et sur Spinoza.

Dans le monde entier, il n'existe pas d'endroit plus propice au repos que cette cave où conduit une fente cachée par les orties.

On peut y réfléchir à toute sorte de choses, à la vermine qui s'appelle l'homme, et à l'homme qui s'appelle vermine.

Il faut absolument que je souffle un peu. De toute façon, il n'y a pas moyen d'atteindre le portillon. Quelque part là-bas, adossé au mur, mon père, Abraham Lipman, guette son fils. Il attend, l'œil en alerte, ses vieilles oreilles sensibles au moindre bruit. Il se tient immobile comme une statue et il attend Kasriel, son fils.

Que dira-t-il à son fils ? Que peut-il dire à son fils, Abraham Lipman, si son fils est un surhomme qui a peur de se faire trancher les doigts ?

Mon père sait que je viendrai, et il sait où je vais.

Tout récemment, nous avons eu un entretien, un bref entretien, qui peut se résumer en deux mots.

Ça s'est passé comme cela...

Mais auparavant, il faut que je me repose, je dois m'asseoir, allumer une cigarette. Là-bas, dans ma cave, il y a une cigarette, une bougie et des allumettes, et une bille de bois qui me sert de siège.

Je me glisse dans ma cave, j'allume la bougie, je m'assieds et je fume ma cigarette. Je suis bien maintenant, je me repose. Ni lune ni étoiles. La lueur falote de la bougie projette sur deux murs mon ombre, l'ombre gigantesque, immense, d'un authentique surhomme.

Je n'en ai pas pour longtemps. Je finis ma cigarette et en route.

– Père, ai-je dit à Abraham Lipman. Père, préviens les gars qu'ils changent les planques des armes. Et que tous ceux qui ont apporté les armes se cachent aussi. Dans six nuits je vais retrouver Schoger, il me tranchera les doigts et je dirai tout.

– Kasriel, a dit mon père, mon enfant, comprends-tu bien ce que tu dis ?

– Je comprends ce que je dis. Je peux le répéter si tu y tiens.

– Tu sais parfaitement que les armes sont enfouies dans les caches les plus sûres, qu'il n'est pas possible d'en trouver d'autres, et que ceux qui les ont apportées sont si nombreux qu'il n'est pas question de les planquer.

– Je sais, mais ils vont me torturer, et je dirai tout. Fais comme tu voudras, père.

– Voyons, moi aussi, j'ai apporté des armes, et ton frère et tes sœurs aussi.

– Je sais, père, je dirai tout.

– Je suis Abraham Lipman ! a-t-il répondu.

– Bon, je peux répéter. Je dirai tout, Abraham Lipman. Je n'y peux rien.

– Écoute, Kasriel, a dit Abraham Lipman. Tu y peux quelque chose. Je t'ai donné la vie, je pourrais te la reprendre. Mais je suis trop vieux et tu dois m'aider. As-tu compris ?

J'ai ri. Comment n'aurais-je pas ri ?

– Bien sûr que j'ai compris, Abraham Lipman, ai-je dit.

Voilà toute la conversation.

Comment n'aurais-je pas ri, à la vérité ? J'en ris encore maintenant, Abraham Lipman, pauvre tailleur et père de famille nombreuse, dont les doigts sont piqués d'aiguilles comme le ciel d'étoiles, et qui chaque semaine s'en va avec son thalit à la synagogue, cet Abraham Lipman, un mot lui a suffi pour avoir raison de tous les Nietzsche et de tous les Spinoza.

Assez lambiné. Le mégot me brûle les doigts et les lèvres. Il est temps. Ne pas oublier d'éteindre la bougie.

Schoger s'impatiente. Il sait que je viendrai. Il a préparé depuis longtemps le guéridon avec la vodka russe, le cognac français, la bière tchèque et Edwige, la belle Polonaise. Schoger est un rusé matois. Il savait que c'était moi qu'il fallait choisir, et non mon père, ni mon frère, ni mes sœurs.

Tout de suite, tout de suite, le portillon est à deux pas. J'écarterai mon père, je frapperai cinq fois, puis encore une fois, le factionnaire ouvrira et me conduira à Schoger et me découvrira un univers, dans lequel la nuit noire est blanche comme le jour. Si seulement je pouvais emporter avec moi cette crêpe grimaçante et ces myriades d'aiguilles chatoyantes.

Très intelligent Adolf Schoger, mais il a eu tort de m'accorder un si long délai. Une semaine, ça fait sept jours. En sept jours, Dieu a créé le monde. Et Kasriel s'est trouvé une cave ignorée de tous, il a vissé un crochet au plafond et tressé une grosse corde avec des ficelles. La corde est solidement arrimée, le nœud coulant est suspendu au-dessus de ma tête. Je traîne le billot au-dessous. Le nœud coulant passe tout juste, la corde ne blesse pas le cou, c'est du travail bien fait.

Le mégot est écrasé.

La bougie...

J'éteins la bougie.

Adieu, Abraham Lipman, mon vieux père.

Adieu, les hommes que l'on appelle vermine.

Je me suis reposé. J'ai éteint la bougie. Il est l'heure. La vraie vie m'attend, un univers entier – la vodka russe, le cognac français, la bière tchèque et la belle Edw...

9

Vingt-huitième coup

1

Les blancs avaient échangé une pièce contre le pion qu'ils avaient en sus.

Schoger se taisait.

Il s'efforçait d'endiguer l'offensive des blancs et d'attaquer lui-même.

Non sans peine, les blancs couvraient leur aile du roi, mais attaquaient opiniâtrement.

De nouveau, le cercle s'était rétréci autour de la table.

Maintenant, les regards de tous ces hommes ne gênaient pas, ils ne piquaient pas comme des aiguilles.

« Je n'ai plus peur de les regarder. Ils ne me gênent plus. Pourquoi donc ?

« Quelle chance que je ne sois pas seul, qu'il y ait tant de monde tout autour.

« Quelle chance qu'il y ait du monde tout autour. »

2

Nous nous tenons devant mon père, Esther et moi. Nous le supplions longuement, mais il ne veut rien savoir.

– Je ne peux pas vous laisser partir, dit-il.

– Si, tu peux.

C'est moi qui parle.

– Vous êtes des gosses, vous vous ferez prendre à coup sûr.

– Tu ne veux pas...

– Mon enfant, mon fils, comment pourrais-je le vouloir ?

Esther se tait, elle n'ose pas contredire Abraham Lipman.

– Tu sais pourtant que nous avons formé un trio.

– Je sais, oui.

– Pour ça, nous ne sommes pas des enfants, non ?

– Pour ça, non.

– Tu vois, lui dis-je. Mais le troisième manque.

– Je suis désolé que le troisième manque.

C'est mon père qui parle ainsi. Je sais qu'il est désolé. Et pas seulement à cause de Janek. Mais il refuse de nous laisser partir. Qui sait si les hommes ont réellement réussi à faire échapper Janek. Qui sait... Et si même il est vivant, qui sait où le chercher ? Ce sera difficile de retrouver Janek.

– Oui, dit mon père. Et il ajoute : On les a emmenés du côté de Paneriai.

– Cela signifie que Janek est vivant, dis-je. Réfléchis, papa. Est-ce que les hommes le laisseront emmener à Paneriai ? Il s'évadera, les hommes le jetteront à bas du camion. Même blessé, même mort. Les hommes ne le laisseront pas emmener à Paneriai. Tu comprends bien que ce n'est pas si simple de l'emmener, puisque c'est Janek !

Mon père se tait, la tête basse. Il comprend, mais il se tait.

– Tu sais pourtant. Tu comprends tout. Il faut que nous cherchions Janek.

– Bien...

Ainsi parle mon père en ébouriffant pensivement les cheveux d'Esther. Il a les yeux profonds, ternis, avec beaucoup de rides autour. Je ne sais plus très bien si mon père est vieux ou non, mais il a énormément de rides autour des yeux.

Je savais que mon père était seul à pouvoir nous aider. Il connaît différents moyens de sortir du ghetto sans se faire remarquer, de se cacher sans être découvert. Il connaît le ghetto comme ses cinq doigts piqués d'aiguilles, et cela m'étonne parfois, qu'un seul homme puisse tant savoir. On ne commence sans doute à tant savoir que lorsqu'on a beaucoup de rides autour des yeux.

– Bien, répète mon père. Tu peux être absent du travail un jour. Je dirai que tu es malade. Mais un jour seulement, c'est entendu ?

– C'est assez, dis-je. Une demi-journée nous suffira, tu verras.

Mon père sourit tristement.

– Serai-je heureux quand je vous reverrai tous ? Qu'en pensez-vous ?

Il nous regarde à tour de rôle. Esther et moi, elle et moi. Je sais à quoi il pense et je baisse les yeux.

À quoi bon, père ? À quoi bon expliquer cela, Abraham Lipman ?

– Demain matin, poursuit mon père, un fourgon de l'armée viendra au ghetto faire provision de bois sec. Le chauffeur vous conduira hors de la ville, et là-bas vous pourrez chercher. Pour rentrer, il faudra vous arranger vous-mêmes. N'oubliez pas d'enlever vos étoiles. Et aussi d'emporter du fil et une aiguille. Surtout, soyez prudents. Dieu vous préserve...

Longtemps encore mon père nous prodigue ses recommandations, nous dit comment nous conduire, où chercher et quand rentrer.

Nous savons où chercher. Il n'y a qu'une chose que je ne comprends pas.

– C'est vraiment un camion militaire ? demandai-je.

– Mais oui.

– Et le chauffeur ?

– Un soldat.

– Allemand ?

– Oui. Pourquoi ?

– Je ne comprends pas pourquoi il devrait nous emmener.

Mon père esquisse un sourire.

– Hum ! Pourquoi pas ?

– Mais...

– Vois-tu, dit mon père, c'est effectivement un Allemand, mais pas tout à fait comme les autres. Te voilà satisfait ?

– Heu... Oui.

Voilà enfin le matin.

Le camion militaire arrive.

On le charge de bois en nous laissant un minuscule réduit. Nous nous y incrustons. L'Allemand referme la portière avec fracas. Maussade, hargneux, il ne nous a même pas adressé la parole.

Il fait noir. Silence, le moteur n'est pas encore embrayé. Nous entendons notre propre haleine, le bois sent la résine et nous écrase de toutes parts ; par instants, une voix lointaine nous parvient à travers les minces parois.

Le moteur démarre et secoue le camion.

Nous roulons.

Nous ressentons les cahots du pavé et les bûches nous malmènent de tous les côtés. Nous ne remarquons pas que nous sommes blottis épaule contre épaule, joue contre joue.

À quoi pense Esther en ce moment ?

Je pense, moi, qu'il est intimidant de rouler dans une obscurité totale, assis dans un camion couvert, le corps meurtri par les cahots de la route, quand le chauffeur est un soldat allemand et que les bûches nous assiègent, nous tombent sur la tête et que la portière est fermée du dehors. Nous gardons le silence. Sans doute parce que Janek n'est pas avec nous et que nous devons le retrouver. N'eût été cela, pour rien au monde je ne me serais claquemuré dans un fourgon noir et hermétiquement clos, où l'on entend verrouiller la portière du dehors avec un grincement de ferraille.

– À quoi penses-tu, Esther ?

– Je suis contente... Nous roulons, et Janek ne se doute pas que nous sommes déjà en route...

J'ai honte.

Esther pense à Janek.

Pourquoi ai-je d'abord pensé à l'obscurité, et ensuite seulement à lui ?

Janek avait bien raison de me dire :

– Sois pas fâché, Izia. Tu n'es pas fâché ? Il ne faut pas m'en vouloir, mais je ne peux pas retrouver Meika. Tu es un bon copain, mais ça n'empêche que je n'ai pas retrouvé Meika.

Le fourgon fait halte.

Les verrous s'ouvrent avec fracas.

– Sortez, dit le soldat en allemand.

Nous sortons. L'Allemand attend. Il pourrait monter dans la cabine, claquer la portière et repartir.

Qu'est-ce qu'il attend ?

– Nous sommes hors de la ville, dit-il. Votre Janek n'est sûrement pas dans la ville. Si vous le retrouvez jamais, ce sera ici. Vous voyez la forêt, là-bas ? N'allez pas plus loin, en aucun cas. Janek n'est pas là-bas non plus. C'est là que commence Paneriai.

– Bien, je réponds. Nous n'irons pas là-bas. Janek n'y est pas, il doit être quelque part ici, dans les parages.

Le soldat ne part toujours pas.

– Quand vous reviendrez, dit-il, suivez la même route, et puis tout droit, le long de la rue. Arrivés à l'église, vous prenez à droite, et puis ce sera la quatrième rue à gauche. Descendez-la et attendez sous le porche. Les vôtres y passeront en rentrant du travail, le ghetto est tout près.

– Je sais.

L'Allemand hoche la tête. Il est content.

Il est toujours là, debout, il ne semble pas pressé de remonter dans la cabine et de partir.

J'éprouve un certain malaise à lui parler. Il n'y a qu'un seul Allemand qui me parle, c'est Schoger, quand nous jouons aux échecs. J'ai peine à me faire à l'idée que c'est un Allemand différent, et que la conversation est donc différente, elle aussi.

Il n'est plus jeune, ce soldat. De grosses mains, des doigts rudes. Une barbe filasse de plusieurs jours hérisse ses joues, son menton et la lèvre supérieure. Il a des yeux gris fatigués avec un filet de rides autour, mais pas aussi profondes que chez mon père. Il est bien plus jeune qu'Abraham Lipman, c'est évident.

Longtemps encore, l'Allemand considère Esther, et moi la grosse main et la hanche décolorée qui repose sur mon épaule.

– Elle n'est encore qu'une petite fille, dit le soldat en souriant, mais toi, tu es un homme. La première chose que tu dois savoir, c'est qu'il n'y a pas de honte à être prudent.

Ces dernières paroles, il les prononce en lituanien, en l'écorchant comiquement. Cela m'amuse et je souris.

Alors, il porte la main à sa visière, fait claquer la portière de son fourgon, se met au volant et fait virer son camion en direction de la ville.

Il entrouvre la portière et essaie de couvrir le bruit du moteur :

– Je serais bien revenu vous prendre ce soir, mais je ne peux pas, absolument pas !

Esther et moi le saluons de la main, nous souhaitons bonne chance au soldat allemand.

Au milieu, la route ; de part et d'autre, des maisonnettes éparses, des potagers, des prés. Pas âme qui vive.

Esther marche dans un fossé, moi dans l'autre. Nous sommes sûrs que Janek est couché dans un fossé, ou quelque part à proximité de la route. Au bout d'un certain temps, nous nous séparons, chacun va de son côté. Nous faisons le tour de tous les prés, des potagers, nous errons à travers les champs de pommes de terre. Il me semble qu'Esther n'a pas tout inspecté, et à elle que j'ai laissé passer quelque chose. Nous changeons de place et cherchons de nouveau, elle dans mon secteur, moi dans le sien.

– Izia, demande Esther. Nous avons bien fait d'aller chercher, n'est-ce pas ?

– Oui, on ne pouvait pas faire autrement.

– Tu te rends compte, dit Esther, on cherche, on va, et puis tout d'un coup on tombe sur Janek ! C'est à faire peur, hein ?

– Pas du tout !

– Mais si, tu te rends compte ? Oh, vivement que ça arrive !

Nous entrons dans chaque maison, nous questionnons les gens qui travaillent dans les champs. Quand il faut s'expliquer en polonais, c'est Esther qui parle, et pour le lituanien c'est moi. Mais la plupart du temps nous parlons ensemble, et les gens nous regardent, étonnés et compatissants.

Nous frappons timidement aux portes.

Le plus souvent, c'est une femme qui ouvre.

– Vous n'auriez pas vu, hier, deux camions avec des hommes dedans ?

– Il y en a tellement, mes pauvres enfants !

– Il y avait dedans un garçon, un blond.

– Comment aurais-je pu le voir, mes enfants ?

– Un jeune garçon, il s'appelle Janek.

– Il y a tant de camions qui ont passé. Et les deux que vous cherchez aussi, certainement. Seulement, votre Janek, je ne l'ai pas vu.

– Peut-être pas dans un camion ; à proximité, non ? Peut-être il a passé par ici, non ?

– Non, je n'ai vu personne...

Nous allons repartir.

Alors, on nous offre à manger. Je ne sais pas pourquoi, dans chaque maison, on nous offre à manger. La femme apporte un pain enveloppé dans un linge propre. Elle va chercher dans son garde-manger un pot de lait.

Dans chaque maison, on nous offre à manger.

Nous avons déjà mangé trois fois, nous n'avons plus faim. Mais la femme n'en sait rien, elle court chercher du pain, enveloppé dans un linge blanc, un pot de lait et nous demande de nous mettre à table, de nous reposer, de manger.

Notre route est encore longue.

De nouveau nous mangeons, puis nous repartons.

La patronne met un fichu blanc et nous reconduit.

Le soleil a déjà passé le zénith, nous ferions aussi bien de nous presser, mais nous n'en avons pas envie. Il ne reste plus que deux maisons avant la forêt : la plus proche est grande, avec un toit couvert de tôle, et l'autre, à la lisière, une bicoque de guingois. Après, il faudra revenir. Inutile d'aller plus loin, Janek ne peut pas être dans la forêt.

Esther regarde le soleil, puis tout autour.

– Regarde, dit-elle. Regarde, Izia, des fleurs...

Il y a en effet des fleurs sous la fenêtre – hautes, corolles évasées, feuilles vertes.

– Des fleurs ? fait la femme. Mais oui, ce sont des pivoines. Je les soigne, et elles fleurissent bien chaque année, même cette année-ci.

Esther contemple les têtes rouges des pivoines, comme si elle en voyait pour la première fois.

La femme s'affaire.

Comme tout à l'heure, quand elle servait le pain enveloppé d'un linge blanc et le pot de lait. Maintenant, elle a pris un couteau de jardinage à manche de bois. La voilà sous sa fenêtre. Elle choisit longuement la pivoine la plus grosse, la plus belle, avec les pétales pourpres les plus somptueux.

– Non, non ! crie Esther. Laissez-la pousser !

– Ce n'est pas la peine, dis-je. Nous avons encore beaucoup à marcher, elle se fanera de toute façon.

La femme ne nous écoute pas. Elle coupe sa plus belle pivoine et l'offre à Esther. Esther prend la fleur, la presse contre sa joue, puis caresse la mienne avec, puis la rend à la femme.

– Mettez-la dans l'eau, demande-t-elle. Dans un vase ou dans un verre. Nous avons encore beaucoup à marcher, et la fleur se fanerait vraiment. Nous allons encore frapper à cette porte-là, puis à la bicoque de la lisière, et après nous retournerons en arrière.

La femme prend la fleur. Elle nous regarde attentivement.

– À votre place, je n'irais pas frapper à la grande maison. Allez plutôt à la bicoque, là-bas.

Nous comprenons.

– Merci... Merci..., dit Esther à la femme.

La femme nous fait des signes d'adieu.

Nous poursuivons notre chemin.

– Deux camions ? Avec des hommes ? fait une petite vieille.

Nous faisons signe que oui.

C'est la dernière maison, celle de la lisière.

– Mais si, mais si. Je les ai vus, bien sûr.

– Et un garçon blond...

– Blond, tu dis ? Mais si, mais si...

Nous attendons. Nous attendons.

– C'était là, juste à côté, raconte la petite vieille. Mais si, mais si. Un garçon blond a sauté à bas d'un camion, puis un autre, un homme brun. Les voitures allaient vite, très vite. Les deux sont tombés sur la grand-route, et les Allemands ont tiré, ils les ont tués tous les deux. Les camions ont roulé encore un peu, puis ils se sont arrêtés. Un soldat s'est approché, il les a jetés dans le caniveau, et ils sont repartis. Mais si, mais si. C'est peut-être votre frère, le blond, non ? Nous, on avait peur d'y aller voir. Avec les temps qui courent... À la nuit, les hommes sont allés, mais ils n'ont trouvé personne. Faut croire qu'on les a emmenés. Ils n'ont trouvé personne. Personne, mes pauvres enfants...

Que pouvons-nous répondre ? Que pouvons-nous demander encore ?

– Entrez donc, nous invite la petite vieille. Mettez-vous à table, reposez-vous, mangez un morceau. Ce que Dieu nous envoie, il faut le partager. Entrez, entrez donc.

La petite vieille s'agite, rajuste son fichu. Son menton tremble tout le temps, de vieillesse sans doute.

– Entrez, entrez donc, mes petits enfants.

Nous ne pouvons pas entrer, nous ne pouvons pas nous attabler. Nous ne pouvons pas nous reposer en mangeant du pain noir et buvant du lait blanc.

Il est temps.

C'est l'heure de rentrer au ghetto.

Plus loin, c'est la forêt, la fin de notre chemin. Et puis, nous n'avons plus besoin d'y aller. Nous savons tout maintenant.

C'est l'heure de rentrer. Le moment ou jamais.

Nous marchons vers la ville, dans la poussière de la route. La route est longue, longue et pareille.

À quoi pense Esther ?

Je ne sais pas.

Je ne sais même pas à quoi je pense, moi.

La rue commence. Elle aussi est longue. Trois garçons et deux filles nous dépassent. Ils sont chargés de sacs, de corbeilles. Ils étaient sûrement allés se ravitailler à la campagne. Ils sont pressés, mais l'une des filles se retourne constamment vers nous, puis elle dit quelques mots à ses camarades. Ils s'arrêtent et attendent que nous les ayons rejoints.

– Vous venez de la campagne ? demande la fille.

– Non.

– D'où venez-vous ?

– On cherchait notre ami Janek.

Elle ne pose plus de questions, car elle voit que nous ne sommes que deux et que Janek n'est pas avec nous.

– On l'a emmené hier, dit Esther d'une voix sourde.

Je comprends, le silence lui est pénible, elle parle parce qu'elle a besoin de dire quelques mots et d'entendre le son de sa propre voix.

– Allons ensemble, dit la fille. Ça vaudra mieux.

– Non, nous allons très loin, dis-je.

Et j'explique où nous devons prendre à droite, puis à gauche, puis tout droit.

– Eh bien, dit la fille, nous irons ensemble, jusqu'à la rue étroite, justement.

Elle regarde ses camarades qui acquiescent en silence : oui, jusqu'à la rue étroite, justement.

Nous allons au milieu de la rue, tous ensemble.

Ça va mieux, effectivement, quand des voix humaines sonnent tout autour.

Le porche.

C'est ici que nous devions attendre.

Nos compagnons nous ont conduits jusque-là, et puis ils sont revenus en arrière. Avaient-ils vraiment besoin de venir par là, eux ?

Nous nous dissimulons derrière un battant de la porte. Personne ne peut nous voir. Nous nous armons de fil et d'aiguille et nous recousons les étoiles jaunes.

Les colonnes vont bientôt passer, nous nous mêlerons à la foule et rentrerons au ghetto.

Le temps s'écoule très lentement, mais ce ne serait rien s'il n'y avait ces gémissements, tout près. Quelqu'un gémit, et il nous semble que c'est Janek.

10

Trente-neuvième coup

1

Schoger s'était retranché sur son aile du roi.

– Comme c'est romantique !

Il poussa un soupir et poursuivit :

– Mais oui, romantique. La nuit noire, seul notre échiquier est éclairé. Comme un feu de camp. Imagine-toi que nous soyons des pâtres tyroliens et que les pièces soient notre troupeau. Nous faisons paître notre troupeau, nous nous chauffons devant le feu. Au loin, une flûte joue, et moi je chante des tyroliennes. Ah ! la belle vie ! N'est-ce pas ?

Schoger déploya les épaules, se rejeta sur le dossier de sa chaise, écarta les bras et se mit à dévider les roulades d'une tyrolienne d'une voix de fausset :

– Alla-liou-liouuu...

Puis, il s'affala sur la table de jeu, enveloppa du regard son adversaire et ricana.

À la vérité, le soir qui tombait était limpide et doux comme un verre bleu. Le soleil avait allongé les ombres et s'était dissimulé derrière l'horizon. D'un instant à l'autre devaient s'allumer les étoiles, des millions de lumières lointaines et multicolores. Sous les pieds se serraient les pavés, durs et immobiles ; tout près, la brise légère faisait claquer un volet.

De tout cela un vague mystère se dégageait.

Mais le silence intime de cette soirée était peuplé d'êtres humains. Il y avait les lanternes à l'acétylène, et la table de jeu, et les pièces de bois inertes, et deux personnages vivants qui se faisaient face, Isaac Lipman et Adolf Schoger.

Les figures mortes n'étaient que des bouts de bois.

Les vivants s'affrontaient.

2

– Ma femme a donné naissance à une fille, Riva, a dit Abraham Lipman.

3

Un mois, trente jours très exactement, ils avaient vécu ensemble dans cette maisonnette, sur la courbure de la rivière rapide, là où finissent les jardins potagers. La maisonnette était minuscule – une entrée et une pièce. En revanche, elle était isolée. Aucun risque de visite importune. Dans la chambre, il y avait tout ce qu'il faut : une table, un guéridon de chevet, deux lits. Ils dormaient sans se dévêtir, comme à la guerre. L'un et l'autre faisaient semblant de ne pas remarquer – ou bien ne remarquaient vraiment pas – qu'il était un homme et qu'elle était une femme.

Antanas marchait dans les herbes hautes, embuées de rosée, heureux de voir serpenter devant lui une piste étroite. Antanas souriait en regardant la sente fraîchement tracée, les herbes pures et lavées. Courbées, privées de perles de rosée, elles étaient le signe que Riva venait de passer.

Il marchait sans bruit, levant haut les jambes et regardant autour de lui.

Il franchit le seuil avec précaution et poussa le vieux verrou de bois.

Avant d'entrer, il tira ses bottes, mit à sécher ses chaussettes russes mouillées et entra sur la pointe des pieds. Riva dormait déjà. Comme toujours, elle avait les mains jointes sous la joue et faisait la lippe. Et, comme toujours, Antanas la regarda dormir avec un attendrissement amusé.

Il s'étira, souleva le coin de la mince couverture et allait se coucher, mais Riva dormait si profondément, d'un sommeil si doux et si enfantin, qu'un pressentiment subit le troubla.

La chambre avait deux fenêtres : l'une donnait sur la rivière, l'autre sur les potagers. Il entrebâilla les volets qui s'ouvraient de l'intérieur et aperçut aussitôt les Allemands. Ils avançaient courbés, investissant la maison d'un vaste cercle. Il referma le volet, courut vers l'autre fenêtre, et aperçut là aussi le cercle des soldats.

– Riva ! Riva ! cria-t-il.

Elle se réveilla et comprit aussitôt.

Elle savait que cela pouvait se produire. L'un et l'autre, ils savaient, et ils étaient toujours prêts. Ni elle ni lui ne s'étonnèrent que cela soit enfin arrivé, encore que, dans leur for intérieur, ils caressaient l'espoir que tout finirait peut-être par s'arranger, que cela ne pouvait pas durer indéfiniment. Mais ils ne croyaient pas que cela viendrait si vite. Quoique, à la vérité, ce ne fût pas tellement vite : ils avaient passé dans cette maisonnette un mois entier, trente jours, et tout ce temps-là personne ne les avait dérangés.

Ils se postèrent, chacun devant sa fenêtre, face aux meurtrières pratiquées longtemps à l'avance, et attendirent.

Chacun d'eux avait une mitraillette, sept disques, un pistolet et une grenade. La veille encore, ils avaient beaucoup de grenades, mais la nuit dernière ils les avaient passées aux camarades du ghetto. Le ghetto avait besoin de beaucoup de grenades, et on ne pouvait pas se permettre de leur en donner davantage, à eux deux.

Ils laissèrent les Allemands approcher à bonne distance et ouvrirent le feu en même temps.

« Pourvu qu'ils ne nous prennent pas à revers, là où il n'y a pas de fenêtres, se disait Riva. Pourvu qu'ils n'aient pas l'idée de grimper sur le toit. »

Antanas jeta un regard sur Riva, collée à son embrasure, et se dit :

« S'ils grimpent sur le toit et s'ils démolissent le plafond, on est fichus. Tout sera fini très vite. Trop vite. »

Les Allemands s'étaient relevés et on pouvait recommencer à tirer. Ils tiraient de nouveau, heureux d'avoir une position avantageuse : les Allemands ne les voyaient pas et étaient à découvert en terrain plat.

Le combat dura longtemps.

Lorsque les Allemands se lancèrent une nouvelle fois à l'attaque, ils ouvrirent les volets l'espace d'un instant, jetèrent leurs grenades et refermèrent aussitôt.

Les Allemands reculèrent. Au fond, ils avaient tout leur temps. Ils ne tentèrent même pas de grimper sur le toit. Ils se replièrent et s'assirent au loin pour fumer. De toute façon, la maison était encerclée, toutes les issues étaient coupées.

Riva et Antanas s'assirent. Ils avaient besoin de repos, eux aussi. Assis sur le plancher, adossés au mur, ils se regardaient en silence, et de temps en temps glissaient un regard dans la fente des volets pour ne pas être pris en traître. Mais les Allemands n'étaient pas pressés. De loin en loin, ils tiraient un coup de feu sur les fenêtres. Les vitres étaient brisées depuis longtemps, et les balles ne mordaient que le bois, pulvérisant les volets sans conviction. Ce n'était pas dangereux. Les Allemands s'amusaient. Eux deux pouvaient donc se reposer.

« Sais-tu à quoi je pense en ce moment ? demandait mentalement Riva, en regardant l'homme assis devant elle. Je suis en train de me dire que nous ne nous connaissons même pas. Je ne connais pas ton nom, ni toi le mien. »

« Je veux que tu penses à moi, soliloquait Antanas, sans détacher ses yeux de la femme assise en face de lui. Si tu savais que j'en ai envie, tu penserais sûrement à moi. C'est à peine imaginable, c'est ridicule que nous ayons vécu côte à côte pendant trente jours et que tu ignores mon nom et moi le tien. Tu ne sais même pas si je m'appelle vraiment Antanas, pas plus que je ne sais si tu es bien Riva... »

– Mon nom est Lipman, Riva Lipman, dit-elle à voix haute.

Il répondit en souriant :

– Jankauskas, Antanas Jankauskas.

Une balle entra en sifflant par la fenêtre de Riva, fit un bruit d'abeille et lui jeta à la figure une poignée de poussière de bois. Ils tressaillirent tous les deux. Antanas sourit et se secoua, mais ce fut un sourire sans gaieté. Et Riva pensa :

« Nous commettons des erreurs, quoique nous n'ayons pas le droit de nous tromper. Il fallait changer d'endroit. Parce que nous savions que cela arriverait tôt ou tard. Nous avons fait une grosse erreur. Et puis, nous en avons sûrement fait une autre, puisque les Allemands ont fini par nous dépister. Un jour viendra et d'autres le sauront, mais en attendant, nous sommes assis l'un en face de l'autre sans savoir où et comment nous avons encore commis une erreur. »

« S'ils avaient attendu trois jours encore, se disait Antanas, ils ne nous auraient pas trouvés, on serait bien tranquilles à l'autre bout de la ville et de nouveau, avec Riva et les autres copains, on ferait nos petites opérations nocturnes. »

– Crois-tu que les nôtres pourront bientôt gagner la forêt ? demanda-t-elle.

– Aba voulait commencer par expédier les jeunes.

– Il y a déjà beaucoup d'armes dans le ghetto.

– Ça ne fait rien, il est impossible d'emmener tout le monde à la fois. Il reste encore à se rendre maître de la forêt. Trois huttes, c'est un peu juste pour faire les partisans... Tu saisis ? Et puis il faut encore protéger le ghetto. Ils sont en mauvaise situation là-bas. En trop mauvaise situation. Si Mitenberg était vivant...

Elle se rappela Hirsch Mitenberg et se recroquevilla intérieurement.

Elle n'aurait pas voulu y penser, mais elle y pensa.

Hirsch s'était fait prendre au ghetto, mais avait réussi à s'évader. On l'avait cherché dans toutes les rues, dans toutes les maisons, mais en vain.

Alors Schoger fit venir des troupes, bloqua les issues du ghetto et dit :

– Si Mitenberg ne se rend pas, je rase le ghetto.

Les chars et l'aviation n'attendaient qu'un signal.

Le comité clandestin, sous la présidence de Hirsch, délibéra cinq heures d'affilée. Il fut décidé que Hirsch devait se sacrifier.

Hirsch se présenta à la porte du ghetto et se rendit. Il fut torturé à mort par la Gestapo.

– Antanas, pourquoi est-ce que je ne me souviens que de nos erreurs ?

– Nous ne voulons pas que les autres les répètent, dit-il.

– Personne n'a le droit de faire de telles erreurs.

– Nous manquons d'expérience.

– Oui, bien sûr.

Riva poussa un gémissement.

Il la regarda. Elle avait la main en sang.

– Ne bouge pas, dit-elle. Ce n'est rien. Une égratignure.

Il se rassit.

« Si on se rendait, il y aurait peut-être une chance de s'évader. Pas pour tous les deux, tant pis, l'important c'est qu'elle ait une chance. Il faut qu'elle s'évade. Il faut qu'elle reste en vie. Elle s'évadera, c'est sûr... Peut-être est-ce aussi une erreur que de rester ici ? »

Riva regardait les yeux obscurcis d'Antanas et hochait la tête.

« Ils sont trop nombreux. Pas moyen de s'évader. Ce n'est pas à cela qu'il faut penser maintenant. Nous nous battrons longtemps, tant que nous pourrons. N'est-ce pas, Antanas ? On est en train de se reposer, on n'est pas mal du tout. Écoute plutôt : en ce moment, je vois mon père. Il est comme un vieil arbre immense. Il se tient debout, solidement enraciné. Ina n'est plus, ni Rachel, ni Bassia, ni Kasriel, ce sont mes sœurs et mon frère. Mais lui est toujours debout. Et maintenant, il n'y aura pas non plus... Non, ce n'est pas ça, l'important. L'arbre restera debout. Avec une branche en moins, voilà tout. Tu vois, Antanas. Il est vieux, et nous sommes jeunes. Il a plus de peine que nous. Nous, on se repose, on parle. On n'est pas du tout si mal. Et toi, tu penses à des choses auxquelles il ne faut absolument pas penser en ce moment... »

Antanas sourit.

– Je ne connais pas ton père, dit-il.

– Il n'est plus jeune. Il a une barbe comme toi, mais plus longue et toute blanche.

Ils se turent de nouveau.

Il pensa soudain qu'il faudrait demander à Riva si elle avait eu le temps de mettre Gita au courant de la mitrailleuse allemande qu'ils avaient enterrée au bord de la Vilia, après avoir caché la culasse dans le tronc d'un vieux tilleul. Il aurait dû demander, mais il avait peur. Si elle n'avait pas eu le temps, ce n'était plus réparable, et mieux valait ne pas le rappeler.

Un sourire éclaira le visage de Riva.

« Peut-être l'a-t-elle tout de même dit à Gita ? Mais comment savoir où sont ses pensées en ce moment ? »

Antanas se taisait. Elle souriait, et cela lui suffisait.

Une nouvelle balle vint mordre à sa fenêtre et aspergea Riva de poussière grise, mais fallait-il prendre garde à de la poussière ?

« Comprends-tu pourquoi je suis heureuse ? Je vois que non. Je pense à toi, je suis contente parce que je te connais depuis si longtemps déjà, tout un mois, trente jours. Parce que, quand nous nous sommes vus pour la première fois, tu as ouvert un portillon, tu m'as fait sortir dans la cour de la centrale électrique, puis nous sommes partis ensemble, et du haut de la montagne des Trois-Croix nous avons vu sauter la centrale électrique, la première flamme allumée par les vengeurs du ghetto, et tu as dit : « "C'est pour Hirsch Mitenberg..."

« Et tu as ôté ton chapeau.

« Moi, j'ai pris ta main et je l'ai baisée.

« Puis, nous sommes allés loin, très loin, par des chemins détournés et nous sommes arrivés à cette maison, près de la rivière rapide qui gazouille nuit et jour, qui roule ses eaux sans répit, même en ce moment on l'entend, quand nous sommes assis comme ça à nous regarder. »

Antanas se détourna vers la fenêtre.

« C'est heureux que tu ne saches pas qui je suis, Riva. Tu ne sais pas que tout près d'ici, dans notre ville, un autre homme porte mon nom, c'est mon frère. Tu ne sais pas qu'il est au service des Allemands et qu'il fusille les gens à Paneriai. Je suis très heureux que tu ne le saches pas. Ce qui me désespère, c'est que nous sommes assis l'un en face de l'autre, que les Allemands sont partout, et que je ne serai plus là pour nous voir, toi, ton frère ou moi-même, tuer mon frère, celui qui porte le même nom que moi. Je sais que tu ne vois pas mes pensées, Riva, et j'en suis content, mais ça m'ennuie de ne pas voir ce à quoi je rêve. »

Antanas était toujours détourné.

« Pourquoi s'est-il soudain rassombri ? Il faut lui dire quelque chose... Que lui dirais-je pour le rasséréner ? Mon Dieu, il faut que je me souvienne tout de suite de quelque chose... Tout de suite... »

Elle se rappela et sourit.

– Antanas, tu m'entends, Antanas ? dit-elle. On m'a dit hier que les gars du ghetto ont réglé leur compte à deux policiers et au bourreau. Ils entraient dans les maisons, la nuit, et exigeaient de l'argent. Alors, on les a jetés dans un puits. On m'a dit les noms : Barkus Jankauskas et Fieler. Tu es content ?

Il tressaillit et se retourna. Son visage s'était éclairé.

« Tu vois, pensait Riva, j'ai trouvé quoi te dire et te revoilà heureux. Est-ce que ça a de l'importance que le brassard blanc s'appelait Jankauskas, comme toi ? Était-ce ton parent ? Aucune importance, absolument. Fieler aurait pu être de mes parents aussi. Qu'est-ce que cela peut signifier, maintenant que nous avons vécu un mois ensemble, trente jours au bord de cette rivière rapide, où l'on entend constamment l'eau gazouiller, une eau qui ne finit jamais ? »

Il se détourna de nouveau vers la fenêtre pour cacher son visage barbu, mais se leva aussitôt et saisit sa mitraillette, et Riva comprit que les Allemands montaient à l'attaque et que cette fois ils ne reculeraient plus.

Elle se colla à sa fenêtre et vit qu'ils avançaient effectivement. Courbés comme avant, mais au pas de course, ou presque.

Encore une fois, ils laissèrent les Allemands approcher et ouvrirent le feu en même temps. Les soldats se plaquèrent au sol. Riva et Antanas attendaient qu'ils se relèvent. Or ils ne se relevaient pas tous ensemble, mais un à un, et il fallait tirer, quoique les munitions fussent presque épuisées, et que bientôt il ne leur resterait rien que les pistolets.

Ils couraient maintenant d'un coin de la fenêtre à l'autre et tiraient par petites rafales pour donner l'illusion qu'ils étaient bien plus de deux.

Puis, il tomba.

Elle entendit le fracas et crut surprendre le bruit d'abeille de la balle qui avait abattu Antanas. Elle ne pouvait se défaire de cette idée, quoique les balles fussent nombreuses et toutes sifflaient ou faisaient un bruit d'abeille et mordaient dans le bois, elles avaient déchiqueté les volets qui ressemblaient maintenant à des rayons de miel ravagés. Or Antanas n'avait pas été abattu par une seule balle, mais par plusieurs morceaux de plomb en pleine poitrine.

Riva se précipita, mais lui, surmontant sa douleur, fronça les sourcils, et elle vida le dernier chargeur d'Antanas en tirant par sa fenêtre à lui.

Encore une fois, elle voulut se pencher sur lui, mais il lui indiqua le côté opposé, et elle rampa jusqu'à sa fenêtre et vida son dernier chargeur, le septième.

Comme rien n'avait plus d'importance elle s'agenouilla au milieu de la pièce et tira avec le pistolet d'Antanas par sa fenêtre à lui, et avec le sien par la sienne.

Quand le chargeur d'Antanas fut vide, serrant la crosse filetée de son arme, elle ne songeait plus qu'à une seule chose, toujours la même : ne pas tirer toutes les cartouches, en laisser une pour soi.

Vint enfin la minute où une seule cartouche resta.

Alors, elle se pencha sur Antanas.

Il lui sourit du coin des lèvres. Tout ce temps que Riva tirait, il rassemblait ses dernières forces, toute sa volonté, et attendait qu'elle se penche sur lui et le regarde dans les yeux.

Antanas remua les lèvres. Sentant qu'elles lui obéissaient, il chuchota :

– Je t'aime, Riva... Je t'aimais...

– Je sais...

Alors, ses forces l'abandonnèrent et Riva lui ferma les yeux.

Les Allemands étaient tout près, et elle ne pouvait se décider : était-ce le moment, ou pouvait-elle attendre encore un peu ? Elle ne savait pas ce qu'elle pouvait attendre mais une seule question l'obsédait :

« C'est le moment ? Ou bien attendre encore ? »

Soudain, elle aperçut un soldat, tout près, par sa fenêtre. Il leva la tête et se cacha aussitôt, la releva et se recacha. Riva retint son souffle et attendit. Elle ne pouvait laisser en vie ce fasciste. Elle ne pouvait le voir lever la tête sous sa fenêtre, puis se baisser et recommencer son manège. Il lui semblait que sa vie tout entière serait vide de sens si elle laissait vivre ce chien qui, un peu plus tard, découvrirait sur une autre rive une maisonnette semblable à celle-ci, et tirerait, encore et encore, puis se montrerait dans une fenêtre dont les volets seraient troués comme des rayons de miel.

Elle tâcha de se calmer pour que sa main ne tremble pas. Quand il ne reste plus qu'une balle, la main n'a pas le droit de trembler. Elle doit être faite d'acier, de pierre. La main doit être taillée dans le granit et attendre.

Riva attendait, et la tête émergea de nouveau dans l'encadrement de la fenêtre. Elle pressa la détente avec calme, sa main était effectivement de granit, et pas un muscle de pierre ne tressaillit.

Alors Riva saisit sa mitraillette, défonça ce qui restait de la croisée, bondit sur l'appui de la fenêtre en faisant le geste d'arroser les assaillants avec sa mitraillette, dans laquelle il ne restait plus qu'une seule cartouche, mais cela lui était bien égal. Il lui semblait qu'elle était chargée, et elle arrosait de balles ces capotes feldgrau jusqu'à ce que des dizaines de rafales lui eussent répondu.

Tout était bien, maintenant.

Riva tomba à la renverse dans la chambre et s'étonna du silence subit. De nouveau, elle pouvait entendre le murmure de la rivière, seulement il faisait nuit. Riva toucha la main déjà froide d'Antanas et lui dit, ou plutôt à soi-même :

– Tu sais, Antanas, j'aimais Hirsch Mitenberg. Je l'aimais infiniment...

De nouveau, de l'autre côté du mur, l'eau gazouillait, impétueuse et transparente, et semblait ne devoir jamais finir.

11

Quarantième coup

....
....
....

Je suis couché dans le fossé. J'ai du mal à me lever, sans doute faut-il rester couché encore un peu et rassembler mes forces. Je suis couché dans le fossé, rien ne m'empêche de penser.

Oui, c'est moi – Janek.

Janek le Polonais, et non pas Jankel, mais les étoiles jaunes sont cousues sur mon dos et sur ma poitrine, et je bavarde en yiddish au moins aussi couramment que je disais mon *Pater noster* quand j'étais gosse, et que mon ami Meika parlait polonais. Meika est enterré dans le ghetto, mais je cherche Meika et je sais que je le retrouverai. Si les Polonais avaient été parqués dans un ghetto et que je sois mort, Meika serait allé avec les autres, et il aurait longtemps cherché Janek.

C'est moi, Janek.

Je suis couché dans le fossé de la route. Personne ne m'empêche de regarder le ciel et de réfléchir.

Tout s'est passé très vite.

Deux camions sont entrés dans le ghetto. Des soldats se sont précipités pour empoigner tous les hommes qui leur tombaient sous la main. Moi aussi, j'ai été embarqué. En un clin d'œil les deux camions ont été remplis et sont sortis du ghetto.

J'ai du mal à me mettre debout, mais je me rappelle le moindre détail. Je regarde le ciel bleu, et je revois tout, du commencement jusqu'à la fin, comme sur un écran de cinéma.

Nous sommes dans les camions.

Le nôtre est le second, et il s'efforce de ne pas retarder sur le premier. Il y a beaucoup d'hommes, très serrés ; ce sont pour la plupart des hommes âgés, de ceux qui restent au ghetto et ne vont pas au travail. Nous sommes serrés comme harengs en caque. Les soldats sont assis sur les banquettes, le long des bords.

Je suis sur le devant, près de la cabine, on m'écrase les pieds, mais cela n'a plus aucune importance. Je vois se dérouler le ruban de la route et la poussière se soulève en colonne. Je comprends que c'est la fin. Janek a vécu son temps comme tout le monde, et maintenant son heure a sonné.

Quand ton heure sonne, il faut sans doute repenser toute ta vie. Je voudrais bien le faire, mais je n'y parviens pas. Je vois la colonne de poussière en arrière du camion, et des idées saugrenues m'assaillent : si on voulait emmener des vieux, pourquoi m'a-t-on pris, je suis le seul jeune de la fournée. Si on voulait liquider les jeunes, pourquoi suis-je le seul jeune parmi tant de vieux ?

Je ne leur en veux pas de me bousculer. Peut-être sont-ils mal à leur aise, peut-être sont-ils mécontents que, quoique le plus jeune, je sois installé sur le devant. On est durement secoués aux cahots. Pourquoi est-ce que je me déplace lentement au milieu de ces hommes âgés ? C'est bizarre – tous les autres restent à leur place, je suis seul à me déplacer vers l'arrière. Je ne vois plus ce qui se passe à l'arrière. En revanche, je vois ce qu'il y a devant. Le moteur du premier camion ronfle et on voit la ligne dentelée de la forêt. Nous entrerons bientôt dans la forêt.

Qu'y a-t-il là-bas, dans la forêt ? Pourquoi allons-nous dans la forêt ?

De nouveau, des idées saugrenues m'obsèdent et je ne peux pas me recueillir, repenser ma vie, comme devrait le faire toute personne qui se respecte lorsque son heure a sonné.

On m'a poussé tout au bord. Dans mon dos, je sens les planches. C'est le bord arrière. Un visage barbu se rapproche de moi, me cligne de l'œil. Je sais que c'est un homme du ghetto, sans pour autant connaître son nom ni son prénom. Pourquoi cligne-t-il de l'œil ? Voudrait-il me distraire ? Mais je ne m'ennuie pas du tout !

Il parle. Je ne distingue pas les mots. Ah, il parle polonais. Bien sûr, les soldats ne comprennent pas un mot de polonais. Il parle avec des pauses, quelques mots, puis une pause, puis encore quelques mots, parce qu'il est interdit de parler, et je capte les mots épars et je les assemble en phrases :

– Quand on sera arrivés à la forêt, il y aura une descente. Les voitures auront pris de la vitesse et ne pourront pas stopper d'un coup. Alors tu sautes sur la route. Je te suis. N'aie pas peur, mais saute en souplesse pour ne rien te casser.

De nouveau, le silence, et la ligne sinistre de la forêt se rapproche impitoyablement, telle une énorme lame de fond qui va s'abattre et nous submerger.

Le barbu m'a fasciné. Je sais qu'il faut faire comme il a dit. Je me soumets à cet homme et je ne pense plus à rien d'autre, ni à la vie ni à la mort.

– J'y vais ?

– Pas encore.

– J'y vais ?

Il me pousse.

– Saute !

Je fais un saut de carpe, je vole face au camion, je vois un large dos qui me cache l'horizon. J'entends des coups de feu, je sens un homme qui s'écroule à côté de moi, et encore des coups de feu.

Je veux me lever, mais ma tête est pleine de brouillard, tout vogue et tournoie devant mes yeux. Des gens s'arrêtent au-dessus de nous et nous font rouler sur la terre. Je m'effondre dans un abîme noir. Qu'est-ce ? Pourquoi est-ce que je tombe ? Cet abîme est-il ma dernière heure ? Mon dernier instant ?

Je suis couché dans le fossé de la route. Personne ne m'empêche de regarder le ciel et de réfléchir.

Assez resté couché.

Je me mets debout, et je vois l'homme à la barbe, celui qui me clignait de l'œil, je ne savais pas pourquoi, et qui me parlait polonais pour que les soldats ne comprennent pas.

Sur son visage et ses vêtements le sang s'est coagulé.

Il est mort, l'homme barbu.

Il faut partir, mais je ne peux pas l'abandonner ici. Il est couché dans une pose incommode, le bras disloqué.

J'enlève péniblement mon veston. Les étoiles jaunes. Je les enlève ? Pour les tenir quelques instants dans la main, les froisser et les jeter ? Elles sont inutiles, maintenant, mais elles ne gênent pas non plus. J'étale mon veston, je roule dessus l'homme à barbe et je le traîne le long du caniveau. La tête me tourne encore, mais je dois faire vite.

Nous nous traînons ainsi jusqu'à la forêt. À l'orée, je découvre un tronçon de tranchée non éboulée. Je descends dedans l'homme à barbe, je lui croise les bras sur la poitrine. Je lui couvre le visage et les mains avec mon veston. Il a l'air de dormir.

J'ai peur.

Je dois enterrer un homme endormi.

J'ai peur pour la première fois de ma vie.

Je rassemble des branches de sapin, j'apporte des poignées de feuilles vertes et je jette le tout dans la tranchée. J'en jette encore et encore, l'homme n'est plus visible, mais j'ai peur.

C'est effrayant d'enterrer un homme.

À côté, un monticule de sable, provenant de cette tranchée.

Je jette le sable par poignées et j'ai peur de regarder en bas. Puis, je me couche, je m'arc-boute des pieds contre les buissons, et m'aidant de ma poitrine, de mon visage, de mes mains, je pousse le monticule de sable dans la tranchée.

C'est fini.

J'ai enterré l'homme.

Tout à l'heure, il me clignait de l'œil, puis de son large dos il m'a caché l'horizon, et moi, je l'ai traîné dans cette tranchée, je l'ai recouvert de feuilles, de branches et puis de sable.

J'ai enterré un homme.

Je suis couché près de la tranchée. Pourquoi suis-je ici ? Est-ce aujourd'hui ou hier ?

Je ne sais pas.

Mais maintenant je suis seul et parfaitement libre. Mes étoiles jaunes sont restées avec mon veston dans la tranchée. Je peux reprendre la route et marcher sans craindre personne. Je suis Janek et je vais retrouver mon oncle. Je peux entrer dans cette bicoque pour demander à boire.

J'ai très soif.

Ici on me donnera à boire, quant à mon oncle, il sera follement heureux. Il y a si longtemps qu'il ne m'a vu. Il m'accueillera les bras ouverts. Il se pourrait même qu'il pleure un peu et qu'il dise à travers ses larmes :

– Tu as grandi, Janek, et tu as compris que la première chose à faire, c'est de sauver sa peau. Pas vrai, petit ? Tu as maigri, mais le malheur est réparable. Te voilà enfin rentré, Janek.

On est bien chez mon oncle. Pas besoin de trembler tout le temps pour soi et pour les autres. J'ai dit à Izia que le ghetto n'est pas seulement dans le ghetto, mais partout. C'est peut-être vrai. Toujours est-il que le ghetto est clôturé, et la ville pas.

Mon oncle... Je veux rentrer chez mon oncle. Mais j'ai soif. Je peux frapper à cette bicoque et on me donnera à boire, un puits entier si je veux. Je boirai, je n'aurai plus le vertige, et je peux rentrer à la ville par la grand-route, sans craindre personne. Je suis presque libre.

J'irai chez mon oncle, je resterai chez lui, et alors, toute ma vie, tant qu'il me sera donné de fouler la terre, je ne pourrai jamais retrouver Meika. Je ne retrouverai jamais mon ami. Je ne verrai plus le visage d'Esther. Elle et Meika sont comme deux gouttes d'eau.

Je ne verrai plus Esther.

Il est bête, Izia. Il croit que je suis amoureux d'Esther, de ma sœur. Il ne comprend pas. Quoique, au fait... Non, je ne sais pas. Je défends Esther parce que Meika n'est plus là. Je cherche mon ami. S'il était là, il me dirait comment défendre Esther.

À boire !

Je pourrais aller au puits. À coup sûr, l'eau n'est pas seulement froide, elle est transparente et vivifiante. Elle m'aspergera tout le corps, elle s'écoulera dans mes veines, elle me remettra debout et me conduira tout droit à la ville, chez mon oncle.

« La première chose à faire, c'est de sauver sa peau... » Pourquoi est-ce si pénible d'avoir soif ?

Mieux vaut ne pas aller au puits.

Revenir là d'où l'on m'a emmené.

Mais si, demain, de nouveaux camions... Si les soldats recommencent à rafler tout le monde, s'ils attrapent Esther, et Izia... Et moi... Nous serons assis au milieu, et des soldats sur les bords. Nous verrons la route étroite et la colonne de poussière. Nous aurons envie de repenser toute notre vie, comme font toutes les honnêtes gens quand leur heure sonne.

Me repoussera-t-on de nouveau vers l'arrière ?

On me chuchotera des mots polonais, on me dira :

– Saute !

Et je sauterai, et de nouveau un large dos me cachera l'horizon.

Pourquoi de larges dos doivent-ils me couvrir ?

Et Esther ?

Et Izia ?

Et tous les autres ?

Je ne veux pas que des hommes barbus me couvrent avec leur dos.

J'ai peur.

Il avait sûrement raison, le Rouquin :

– On ne peut pas protéger un homme. On ne peut protéger que tous les hommes.

Il sait sûrement, lui.

Écoute, le Rouquin ! Je te donnerai toutes les cartouches que je gardais pour moi. Pour qu'elles servent à tous. D'accord ?

À moi tout seul, je ne peux pas sauver Esther.

Je rentrerai, je donnerai toutes les cartouches et je recevrai ma part. Nous trois, Esther, Izia et moi, nous irons avec les autres. Le Rouquin nous emmènera dans la forêt, chez les partisans. Avec eux, nous couperons les routes, et les camions ne pourront plus emmener les hommes barbus, et ils n'auront pas à regarder les colonnes de poussière ni à méditer leur dernière heure.

J'ai très soif.

Le puits, près de la bicoque, m'attire toujours. Mais la route qui passe à côté est trop droite.

Il faut contourner la bicoque et le puits, prendre par les champs éloignés. Puis déboucher sur la grand-rue et marcher jusqu'à l'église. Arrivé là, prendre à droite, puis la quatrième rue à gauche. Descendre la pente... En bas, il y a une ruelle étroite et un vaste porche. Là, on peut attendre. En se planquant derrière la porte cochère, toujours ouverte, aucun risque. On peut rester dans ce coin toute la vie. Mais ce n'est pas nécessaire. Le soir, vers six heures, les colonnes qui rentrent du travail passent par cette ruelle. Du porche, il est très facile de se glisser dans n'importe quelle colonne, puis de franchir la porte du ghetto où il y a toujours des sentinelles.

Non, je n'ai pas soif.

Je marche sans doute très lentement. Ça ne fait rien, j'ai tout mon temps. Toute la journée, ou presque. Je ne risque pas d'être en retard. L'itinéraire est très simple, tous les gosses de la ville le connaissent. Tout droit jusqu'à l'église, puis prendre à droite, puis la quatrième rue à gauche, descendre la pente, jusqu'à la petite ruelle et au vaste porche.

Je marche sans m'arrêter.

Le temps passe.

Je marche avec le temps.

Le soleil bouge.

Je bouge avec le soleil.

Nous marchons tous ensemble.

Le temps.

Le soleil.

Moi.

Bientôt six heures, ça ne fait rien.

Je suis étendu derrière la porte cochère, adossé à un mur de maçonnerie froide. J'ai envie de dormir, mes dents serrées laissent échapper une plainte étouffée. Il ne faut pas gémir, je sais. On pourrait entendre, me découvrir. Personne n'a le droit de me découvrir. Je dois rejoindre les colonnes qui se traînent au retour du travail. Je ne tiens pas du tout à rester là toute ma vie. Même à travers ma somnolence, j'entendrai le pas des colonnes. Un pas lent, pesant, monotone, le même de jour en jour. Ce sont les hommes qui reviennent d'un travail exténuant.

Des centaines d'hommes.

Il faut attendre, sans gémir.

Pourquoi la plainte filtre-t-elle à travers les dents serrées ? Jamais je n'aurais cru que ce soit possible. C'est peut-être une idée que je me fais ? Peut-être quelqu'un gémit-il à l'intérieur de moi-même, et ça ne s'entend pas alentour ?

Est-ce que ce sont mes gémissements ? Je n'en sais rien.

Je sais seulement que j'ai très soif.

Une gorgée d'eau, une seule, et je ne gémirais plus.

12

Quarante-neuvième coup

1

....
....
....

2

– Ma femme a donné naissance à une fille, Teibele, dit Abraham Lipman.

3

Ce n'était pas facile de pénétrer dans cette cachette. Il fallait passer par la cave, retirer une dalle du plancher, puis, en se contorsionnant, descendre dans une espèce de terrier, tourner à droite, puis tout droit, ouvrir une porte enduite de glaise, et ensuite seulement pénétrer dans la cachette. C'était une chambre bien aménagée, mais sans fenêtres.

Une ampoule électrique brûlait. Un ventilateur émettait une note, toujours la même. Un poste de radio était posé sur une petite table.

Ce réduit avait été creusé par deux frères. Ils y avaient caché leur mère et le poste de radio qui transmettait les communiqués de Londres et de Moscou. La vieille femme avait les jambes paralysées, mais pouvait faire n'importe quel travail avec ses mains. Couchée dans son lit, elle notait les nouvelles. Le poste était constamment branché sur l'une ou l'autre onde.

La veille, on avait amené Lisa dans cette cachette. Elle hurlait, elle ne voulait pas y aller, alors on l'avait bâillonnée et amenée dans la cachette. Elle allait vivre ici avec la vieille femme et noter avec elle les communiqués.

Bien entendu, ni hier ni aujourd'hui Lisa n'a touché au papier et au crayon. Elle n'entend rien de ce que dit la radio, ne voit rien de ce qui se passe autour d'elle. À tout bout de champ, elle plonge dans l'hébétude, oubliant qu'elle n'est pas seule ici. Elle a constamment devant les yeux la seule source de lumière – l'ampoule électrique – et dans les oreilles le ronronnement monotone du ventilateur.

Lisa est encore très jeune, une fillette, une enfant. Mais sa poitrine n'est plus enfantine. La poitrine de Lisa, gonflée de lait, fait éclater la chemise.

Là-bas, dans la salle d'hôpital, en appuyant de tout son corps sur l'oreiller, Rachel avait dit à Lisa :

« Tu me regardes avec de grands yeux et tu ne comprends rien. Donne-moi ton enfant. Allez, plus vite. »

Et Lisa donna à Rachel la petite chose vivante enveloppée dans des langes.

« Maintenant sauve-toi, avait dit Rachel. Contourne mon lit et saute par la fenêtre. Mais doucement, il ne faut pas qu'on te voie. Cours vers cette maison, là-bas. On t'hébergera. Il faut que tu t'y caches. »

Et Lisa, sans réfléchir, avait fait ce qu'on lui disait de faire, sans se demander ce que ferait Rachel, restée toute seule.

Elle avait sauté par la fenêtre et couru dans la maison voisine. Elle avait conté son histoire, elle ne se rappelait plus ce qu'elle avait dit au juste, alors on l'avait emmenée dans cette cachette. On l'emmena bâillonnée pour étouffer ses hurlements.

On plaça dans la cachette un deuxième châlit.

Maintenant, Lisa était assise dessus, elle voyait la lumière égale de l'ampoule électrique et entendait le ronronnement égal du ventilateur.

– Je ne peux plus vivre comme ça, disait-elle, les mains plaquées sur sa poitrine qui faisait éclater la chemise. Je ne peux plus vivre comme ça. Toute la nuit, j'ai rêvé qu'il me tétait. Le lait coule sans arrêt, et mes vêtements sont tout mouillés, et moi aussi, je suis mouillée.

– Viens plus près, dit la vieille femme, et donne une serviette. Je vais te faire un bandage, ça te soulagera.

– Non, non ! J'ai peur, disait Lisa. Il me semblera qu'il me tète quand même, et le lait coulera encore plus fort, sans s'arrêter.

– Viens plus près, je vais te soulager, disait la vieille femme.

Mais Lisa ne venait pas. Elle demeurait assise sur son châlit, les mains sur la poitrine.

La vieille femme se tut. Elle avait les jambes paralysées, et ne pouvait plus rien. Elle ne pouvait que noter les communiqués, parce que ses mains étaient libres et elle pouvait tout faire avec.

– Jamais plus je ne pourrai voir d'enfants, ni les miens ni ceux des autres, disait Lisa. Ils me dégoûtent, rien que de penser à eux. Si seulement le lait pouvait ne plus couler... Si la poitrine ne me faisait pas mal...

La vieille femme hochait la tête et ne disait rien.

Dans la ville, là où il n'y avait pas de mur du ghetto, trois pendus se balançaient au milieu de la grande place : deux adultes et une petite fille. C'étaient l'avocat Jonas Klimas, sa femme Ona Klimiene et Teibele Lipman. Teibele était la dernière fille d'Abraham Lipman, la benjamine de la famille. Elle avait neuf ans.

Voilà deux jours déjà qu'ils pendaient, mais il était interdit de les dépendre. De grandes planches étaient accrochées aux habits des Klimas, et les pieux avec ces planches ressemblaient à des croix orthodoxes. On avait écrit dessus en allemand et en lituanien : « ILS ONT CACHÉ UNE YOUPINE. »

Il y avait longtemps déjà que Teibele vivait chez les Klimas. Le ghetto n'existait pas encore, on ne faisait encore qu'en parler quand Klimas vint voir Lipman et lui dit :

– Écoute, Abraham, personne ne sait ce qui va arriver. En tout cas, il n'y a rien à espérer de bon. Il vaudrait mieux que ta Teibele vienne habiter chez nous. Tu as beaucoup d'enfants, c'est difficile à nourrir par les temps qui courent. Elle est la plus jeune, Teibele. Qu'elle vienne habiter chez nous plutôt que de porter des étoiles jaunes. Nous n'avons pas d'enfants, tu sais, et Teibele nous sera une fille, jusqu'à ce que les choses changent en mieux.

Après avoir réfléchi, Lipman accepta.

Quand la vie se faisait particulièrement dure, au ghetto, Lipman était heureux à l'idée que sa benjamine vivait ailleurs, chez les Klimas comme à la maison, elle, sa petite Teibele, sa plus grande joie.

Teibele ne sortait pas de la maison, en revanche, elle y était la maîtresse absolue. En rentrant de son travail, Ona Klimiene lui faisait apprendre les mêmes leçons qu'à l'école. Et, de temps à autre, si l'occasion se présentait, Abraham Lipman venait voir sa benjamine.

Teibele était une enfant gâtée, et elle mangeait très lentement.

Les Klimas s'asseyaient des deux côtés et comptaient les cuillerées qu'elle avalait, et disaient toujours qu'il fallait en manger encore une, et puis encore une autre, et cela pouvait durer indéfiniment. Quand il restait quelque chose dans l'assiette de soupe, Klimas prenait un air comiquement menaçant et s'écriait :

– Et le fond ? Tu voudrais manger rien que le jus, oui ? Pour avaler plus facilement ? Et le fond, qui est-ce qui le mangera, le fond ? Je te le demande !

La vieille Bronislawa, qui était comme la deuxième maîtresse de la maison et qui avait élevé Ona Klimiene, marmonnait des choses inintelligibles, qu'elle-même, très vraisemblablement, ne comprenait pas.

À la cuisine, quand il n'y avait personne à côté, elle parlait toute seule :

– A-t-on idée, gâter une gosse comme ça ! Depuis quinze ans qu'ils sont mari et femme, ils n'ont pas pu s'en faire un, de gosse, et voilà maintenant qu'ils gâtent celle-ci, Dieu sait comment ça finira, Dieu sait...

Elle se montrait sévère à l'égard de Teibele.

Les jours passaient, les semaines et les mois. Or voilà qu'un beau jour Ona Klimiene sentit qu'un autre voulait venir au monde, celui-là même que Jonas et elle attendaient vainement depuis quinze ans.

Ils en furent étonnés, effrayés et heureux.

La plus bouleversée était la vieille Bronislawa. Elle mit sa plus belle robe, son châle des dimanches et resta deux jours en prières à l'église.

– Je sais, disait-elle au Christ, pourquoi tu nous fais cette grâce. Cette fillette, Teibele, est la bénédiction de notre logis. J'ai tant vécu, et c'est la première fois que je vois un miracle, et sur mon lit de mort, je glorifierai Ta grandeur, mon Dieu !

Bronislawa oublia qu'elle entendait être sévère pour Teibele.

Lorsque les Klimas s'asseyaient des deux côtés de la petite fille en comptant les cuillerées dont il n'y avait jamais assez à leur gré, la vieille Bronislawa s'approchait en silence et, inopinément, s'écriait :

– Et le fond ? C'est pour moi, peut-être, le fond ?

Au jour prévu, Klimiene mit au monde une fille.

Et il y eut dans la maison deux filles, l'une déjà grande, l'autre comme une poupée vivante.

Sept jours plus tard, les Allemands arrivèrent et avec eux quelques hommes, c'étaient des nôtres, et ils emmenèrent Klimas, Klimiene et Teibele.

Bronislawa couvrait le berceau de son vaste corps et marmonnait, en fixant sur les intrus des yeux fous :

– N'approche pas, force maligne... N'approche pas, engeance de l'enfer... Que la main toute-puissante du Seigneur s'abatte sur vous et vous réduise en poussière... N'approche pas, démon maudit...

Bronislawa resta seule, avec le nourrisson sur les bras. L'enfant pleurait et voulait son lait, mais sa mère était pendue au milieu de la grande place, là où il n'y avait pas de mur du ghetto, et en travers de sa poitrine une planche était accrochée, et le pieu fixé à cette planche ressemblait à une croix orthodoxe.

Elle ne savait que faire, la vieille Bronislawa. Le soir venu, elle se posta dans la petite ruelle quand Abraham Lipman rentrait du travail avec tous les autres, et elle lui conta tout.

Lipman baissa la tête.

Lorsque Lipman baissa la tête, la visière de sa vieille casquette fatiguée lui cacha les yeux, et la vieille Bronislawa, qui ne pensait qu'à la nouveau-née, oublia complètement que cet homme était père, que Teibele avait été sa benjamine et sa plus grande joie dans les moments difficiles de la vie. En cet instant, elle ne pensait qu'à la petite fille des Klimas qui pleurait et qui criait après le lait de sa mère.

– Nous viendrons, Bronislawa, dit Lipman.

Cette nuit-là, Abraham sortit en ville, emmenant avec lui un des trios de combat. Ils sortirent par leurs itinéraires secrets, par des caves et des tunnels, par les égouts où il est très difficile d'aller à contre-courant, parce que le courant te traîne en arrière et il semble que tu ne peux pas faire un seul pas en avant, parce que tu marches et le courant te traîne en arrière, et il en sera ainsi éternellement, un mois, un an, beaucoup d'années.

Bronislawa les attendait et leur donna la fille des Klimas.

La petite poupée vivante était emmaillotée, enveloppée, la vieille Bronislawa la signa à trois reprises et, par la même occasion, elle signa les quatre hommes qui étaient venus la chercher. Mais la petite fille continuait de crier, elle avait faim, elle voulait son lait.

Abraham Lipman la serrait contre sa poitrine, mais il avait peur de serrer trop fort et le cri strident de l'enfant emplissait la ruelle. À peine les quatre hommes eurent-ils atteint la bouche d'égout que la police accourut. Le chef du trio ordonna aux autres de descendre et engagea seul le combat. Quand ses camarades et Lipman avec la petite fille étaient déjà en bas et marchaient sans peine, parce que le courant les aidait, le chef du trio, en tombant mort, couvrit de son corps la bouche d'égout.

Ils étaient quatre en sortant du ghetto, ils n'y rentraient que trois, mais de toute façon ils étaient quatre, parce que Lipman avait dans les bras un enfant qui pleurait de faim. Tous les quatre, ils se dirigèrent vers la meilleure cachette du ghetto, celle où la vieille femme paralysée prenait à la radio les communiqués, où languissait Lisa en regardant la lumière égale de l'ampoule et entendant le ronronnement égal du ventilateur.

Horrifiée, Lisa poussa un cri.

Elle avait aperçu Lipman qui la regardait dans les yeux et s'approchait avec l'enfant. Mais le vieux Lipman ne prenait point garde à ses hurlements. Il continuait de s'approcher avec l'enfant. Lisa tendit les bras pour les repousser tous. Les deux autres hommes n'avaient rien à faire ici, c'était vrai. Mais leur chef était mort en combattant pour ce petit être qui pleurait, et maintenant ils tenaient à voir de leurs propres yeux comment ce petit être cesserait de pleurer en sentant sur ses lèvres le goût du lait maternel.

Lisa bondit, elle suppliait :

– Emportez-le, je hais les bébés.

Elle regarda les langes, vit le petit visage ridé, les cheveux blonds.

– Emportez-le ! cria Lisa. J'ai peur, je mourrai si je le touche.

Alors, Lipman fit approcher les hommes. Ils obligèrent Lisa à s'asseoir et la maintinrent, en l'enlaçant avec douceur. Lipman défit la chemise de Lisa et lui mit le bébé sur les genoux. Elle frémit et pleura.

– Ferme les yeux, Lisa. Je vais te raconter une belle histoire, dit Lipman. Et toi, tu m'écouteras, et tu n'auras plus envie de pleurer et tu n'auras plus du tout peur.

Lisa ferma les yeux et se tut.

L'enfant saisit goulûment le sein rempli, gonflé comme un fruit mûr. Il mâchonnait de sa petite bouche sans dents, il se dépêchait, il suçait avec bruit et tous les autres, en silence, écoutaient manger ce petit être humain.

Abraham Lipman racontait son histoire à Lisa.

Il lui raconta l'histoire du père qui avait une petite fille, Teibele, et cette Teibele était la benjamine de ses enfants. Un homme et une femme qui n'avaient pas d'enfants avaient pris Teibele chez eux, et ils voulaient que Teibele mange le plus possible de cuillerées de soupe et qu'elle ne laisse pas de fond. Les jours passaient, les semaines et les mois, et Dieu fit un miracle, et ce couple sans enfants en eut enfin un. Et cet enfant doit manger, et il lui faut du lait maternel, parce que pour tout être humain le lait maternel est comme la sève de la terre pour l'arbre. Et il faut le protéger, ce petit être, le serrer contre son cœur et le dorloter, parce qu'il n'a plus son père, ni sa mère, ni Teibele non plus.

Lisa dégagea lentement ses mains.

Elle avait encore peur de regarder, c'est pourquoi elle n'entrouvrit les yeux qu'un tout petit peu.

Elle effleura l'enfant avec ses mains et frémit. Elle ferma ses grands yeux noirs, mais les rouvrit aussitôt. Gauchement, elle rajusta les langes où s'agitait cette petite vie et donna l'autre sein.

Après cela, Lisa pleura.

Elle pleura tout bas, silencieusement. On entendait le bébé téter goulûment. Les larmes coulaient et tombaient sans bruit. Grosses, comme des gouttes de rosée.

En voyant ces larmes, les hommes soupirèrent. Ils écoutaient manger le petit être nouveau-né, et ils étaient heureux de voir pleurer Lisa.

Il faut que la femme puisse pleurer. Car elle a souvent à pleurer.

Malheureuse la femme qui ne peut pas pleurer.

13

Cinquantième coup

1

– Hein ? hurla Schoger. Tu te rends compte de ce que tu fais, non ?

« La partie nulle est proche, se disait Isaac. Je savais bien que si je m'efforçais de gagner, je réussirais à faire la nulle. Je le savais. Mais si je gagnais ?... »

– Hein ? hurla Schoger encore une fois.

2

– Izia, me chuchote Ester à l'oreille. Il y a quelqu'un qui gémit, ici, tout près.

– Oui, tout près.

Moi aussi, j'ai l'impression que quelqu'un gémit, tout près.

– Reste ici, je vais voir.

Elle me saisit la main, elle ne veut pas me laisser partir, mais peu à peu ma main lui échappe et je peux y aller.

– Ne crains rien, lui dis-je, reste tranquille.

Le porche est profond comme un tunnel. J'inspecte tous les recoins, personne. Les gémissements reprennent. Maintenant, j'ai compris d'où ils viennent. Du mur que cache le battant de la porte. Je m'approche prudemment, je tire à moi le lourd vantail grinçant. Un homme est couché, accoté au mur. Il doit dormir. Mais son visage m'est singulièrement familier et je n'en crois pas mes yeux.

J'appelle à voix basse :

– Esther !

Elle s'approche, s'arrête à côté de moi et pousse un cri.

Nous avons peur tous les deux.

Je demande :

– C'est Janek ?

Elle demande :

– C'est Janek ?

Janek !

Esther se précipite vers l'homme couché, vers Janek, et je saisis ses doigts maculés de boue.

Il tressaille, tente de se lever, mais je l'en empêche.

– J'ai dormi ? demande-t-il. J'ai laissé passer l'heure ?

Il n'a pas encore compris que c'est nous, Esther et Izia.

Il se frotte les yeux. D'abord, son visage est anxieux. Puis il tente de sourire.

– C'est vous ? dit Janek. Vous deux... Vous m'avez cherché ?

Nous hochons la tête.

– Je le savais... Je l'ai toujours su..., dit Janek en souriant péniblement. Mais j'avais peur d'y penser...

Il peut dire ce qu'il lui plaît, mais Esther et moi échangeons un regard d'alarme.

– Où sont tes étoiles ?

– Mes étoiles ? Loin. Très loin. À la lisière. Pourquoi ?

– Pas moyen, sans les étoiles. Tu sais ce qu'on risque, si on se fait prendre sans étoiles.

– Oui, oui, je m'en souviens.

– Qu'est-ce qu'on va faire ? demande Esther.

Elle est très inquiète ; elle a oublié tous nos malheurs, elle ne songe plus qu'aux étoiles. Elle a oublié que tout à l'heure il n'y avait pas de Janek. Elle a oublié que nous avons traversé la ville sans étoiles, et que le premier Polizei venu pouvait nous abattre. Elle a oublié qu'il s'agit encore de s'infiltrer dans la colonne sans se faire remarquer par les gardiens. Elle a oublié tout au monde, sauf les étoiles.

Sans réfléchir, je détache l'étoile de ma poitrine.

Je demande à Janek :

– Tu peux marcher ?

– Lentement, oui. Oui, bien sûr, je peux marcher.

Je lui couds mon étoile sur la poitrine et je lui explique :

– Tu iras devant, appuyé sur moi. Il y aura une étoile sur ta poitrine, l'autre sur mon dos.

– Et si ça se voit ? demande Janek.

Il faut qu'il soit vraiment malade, autrement, il ne poserait pas de questions oiseuses.

– Mais non, ça ne se verra pas. Jamais de la vie, dis-je, pour les tranquilliser, lui et Esther. Puisque tu seras appuyé contre moi.

Il a compris. Il sourit de nouveau.

– Je saisis la combinaison. Très compliquée, on croirait une partie d'échecs. – Janek essaie de faire de l'esprit, mais la douleur lui arrache une plainte.

Je regarde ses lèvres gercées.

– Ce n'est rien, explique Janek. Rien du tout.

Des pas.

Des pas !

Les femmes.

Esther sort la première.

Nous nous collons à la fente.

Elle est dans la colonne. On ne la voit plus, elle s'est dissoute parmi les autres.

De nouveau...

Des pas.

Les pas pesants des hommes.

À nous, maintenant.

Ça y est !

C'est ma colonne. Le Rouquin est à mes côtés. Il nous regarde de haut, moi et Janek. Janek et moi. Ses yeux sont écarquillés, ses cils blancs sont suspendus dans l'air, ils montrent plus de surprise que d'habitude.

Il pousse son voisin, celui-ci pousse le sien et ainsi de suite. Une multitude d'hommes se poussent les uns les autres, nous font passer au milieu de la colonne, nous pressent de toutes parts.

Les étoiles, quelles étoiles ?

Manquerait-on d'étoiles ?

Il y en a bien trop. Chacun en a deux. N'est-ce pas assez ?

Il y en a tant qu'il pourrait ne pas y en avoir du tout.

N'y a-t-il pas assez d'étoiles dans le ciel ? Elles y sont des millions, et pas seulement jaunes, mais de toutes les couleurs de l'arc-en-ciel.

Énormément d'étoiles.

Se peut-il qu'on en manque encore ?

Nous franchissons la porte.

Nous sommes dans le ghetto.

– Apporte de l'eau, demande Janek. Maintenant, tu peux aller chercher de l'eau.

Le Rouquin nous attend. Il veut dire quelque chose, mais Janek s'appuie sur lui et je cours chercher de l'eau.

J'en apporte beaucoup, tout un seau.

Janek s'assied par terre et boit à même le seau.

Il boit, il boit, encore et encore.

Puis, il reprend son souffle.

– L'eau, dit-il. Il n'y a rien de meilleur au monde que l'eau.

Et il se remet à boire.

– Tu sais ce que je veux te dire ? fait le Rouquin.

Il doit avoir oublié que tout récemment nous n'étions que deux, que notre trio était incomplet, qu'il nous avait conseillé de chercher un troisième. Il a tout oublié. Il n'y a que la cause qui l'intéresse. Il faut qu'il dise quelque chose, ce Rouquin, à propos ou hors de propos.

– Tu sais ce que je veux dire ? – Il me regarde, il regarde Janek, il regarde Esther et poursuit : Il va falloir vous préparer à toute vitesse. Dans cinq jours, vous passez tous dans la forêt, la nuit.

Un rigolo, ce Rouquin.

– Tu rigoles, n'est-ce pas, Rouquin ?

Le Rouquin est furieux.

S'il est furieux, c'est sans doute vrai.

Nous ?

Dans la forêt ?

C'est difficile à concevoir. Très difficile.

Le Rouquin aurait pu expliquer, prendre des précautions. Au lieu de cracher ça comme une mitrailleuse.

Nous ?

Dans la forêt ?

Oui.

Dans cinq jours. La nuit.

Je comprends. Janek a peine à parler. Il tord les lèvres. Il sourit. Il veut dire quelque chose.

– Je savais que ça arriverait.

C'est tout ce que Janek voulait dire.

Il sait toujours tout.

Il ferait aussi bien de se taire et de tâcher de se remettre rapidement d'aplomb.

– Tiens, fait le Rouquin en me fourrant dans la main un bout de papier.

Je le déplie avec précaution. Le papier est froissé. Mais je lis aisément ce qu'il y a dessus :

– « ... L'Armée rouge, ayant forcé le Dniepr, a occupé des têtes de pont en trois points : au nord de Kiev, au sud de Péréiaslavl et au sud-est de Krementchoug.

« Les unités de l'Armée rouge, développant l'offensive sur les secteurs de Vitebsk, de Moghilev et de Gomel, sont entrées en Biélorussie sur un large front. »

14

Cinquante et unième coup

1

– Hé, dis donc, toi ! gronde Schoger, en faisant sauter une pièce entre ses mains.

Isaac souriait imperceptiblement.

– Dis donc, toi ! N'oublie pas l'enjeu, hein ! Ce n'est pas une chopine de bière ni un hareng pourri ! Tu joues tout ce que tu as : ta vie !

Schoger serre la pièce dans son poing. Le bois craque, et la tête ronde d'un fou roule sur l'échiquier.

– Aujourd'hui, dit Isaac, la partie doit être nulle.

Schoger se penche sur la table. Le cou tendu, il regarde Isaac droit dans les yeux et articule, très bas :

– Fais attention de ne pas perdre. C'est aujourd'hui mon jour.

2

– Ma femme a donné naissance à un fils, Isaac, dit Abraham Lipman.

3

Ils allaient à deux.

Abraham Lipman allait devant, les mains croisées derrière le dos, à pas rapides.

Le Polizei qui l'escortait se traînait sur le trottoir.

Ils allaient tous les deux. Lipman se hâtait et le policier devait presser le pas, il n'avait pas le droit de retarder. Il avait chaud, sa lourde carabine lui meurtrissait l'épaule. Le Polizei était en nage et jurait.

– Tu pourrais pas ralentir, vieux birbe ! grommelait-il.

Lipman faisait semblant de ne pas entendre. Il était pressé.

Il faisait sans doute un exquis après-midi d'automne ; sans doute, le soleil déclinant allongeait l'ombre des arbres, des maisons et des hommes ; sans doute, dans les petits enclos des faubourgs les fleurs odorantes de l'automne s'épanouissaient, la brume du soir s'épaississait au-dessus de la rivière, même pas encore la brume, rien qu'une chape tiède, gonflée de gouttelettes.

Lipman ne regardait pas autour de lui, il ne voyait rien et ne songeait pas à l'automne avec ses fleurs odorantes. Il allait, courbé sous le faix des ans, et pour d'autres raisons aussi, pressant le pas, levant fièrement son menton à barbe grisonnante, ce qui faisait lever la tête que coiffait une vieille casquette élimée, et la visière de celle-ci, également levée, ne cachait pas les yeux décolorés de Lipman, encerclés d'un filet de rides.

Le conseil du ghetto avait appris que Schoger n'avait pas reçu l'ordre d'emmener les enfants, que c'était sa propre initiative ; voilà pourquoi Abraham Lipman avait été délégué auprès du commandant du ghetto. Le temps pressait. Le lendemain matin, tous les enfants âgés de moins de dix ans devaient être rassemblés à l'entrée du ghetto pour être emmenés. Chacun savait où.

« Si je suis en nage, moi, le vieux birbe doit l'être encore bien plus », se disait le Polizei qui suivait avec peine l'allure de Lipman.

– Ne cours donc pas si vite, tu arriveras bien assez tôt ! grommelait-il. Tu crois peut-être que Schoger n'attend que ta visite ? Peuh ! Tu pourrais bien ressortir de là-bas les pieds devant, c'est moi qui te le dis !

Et il ajouta dans son for intérieur :

« Quelles drôles de gens ! Courir à toutes jambes au-devant de sa mort. C'est marrant ! »

– Et si je t'envoyais un coup de fusil, hein ? demanda-t-il en rajustant son arme. Il est six heures passées, et vous n'avez pas le droit de traîner dans les rues à cette heure.

Abraham Lipman faisait semblant de ne pas entendre. Puis il se retourna, et fit d'une voix légèrement enrouée et essoufflée :

– Je ne peux pas te répondre parce qu'il nous est interdit de parler aux non-Juifs dans la rue.

– Vieille fripouille ! ronchonna le Polizei en s'épongeant la figure avec sa manche verte.

Ils allaient tous les deux, trébuchant fréquemment, Lipman marchait vite, le Polizei s'efforçait de ne pas se laisser distancer, allait tantôt plus vite, tantôt moins, jurant de temps à autre.

Peut-être était-ce la fin d'une exquise journée d'automne, peut-être des fleurs somptueuses s'épanouissaient-elles quelque part, peut-être une rivière rapide coulait-elle, rassemblant sur son échine la pénombre du soir, mais tout cela était très loin ; ici, Abraham Lipman marchait sur la chaussée, le *polizei* se traînait sur le trottoir, et la maison de Schoger, une villa à un étage, était proche, laissant voir au-dessus de la palissade ses murs fraîchement repeints et sa toiture de tuiles rouges.

Devant le portillon, Lipman s'arrêta pour reprendre haleine.

Le Polizei put enfin souffler, lui aussi.

Ils sonnèrent, personne ne répondit. Ils poussèrent le portillon et entrèrent, sans se hâter maintenant, et s'engagèrent dans l'allée bordée d'une haie vive.

Un factionnaire leur ouvrit la porte.

– Je suis envoyé par le conseil, dit Lipman.

Le factionnaire se retira, puis revint et indiqua la pièce où se tenait vraisemblablement Schoger. Lipman était déjà venu ici une fois, il connaissait cette pièce, et c'est sans hésitation qu'il marcha vers la porte haute à poignée de bronze.

Le Polizei resta dans le corridor, tout content de ne pas avoir à se présenter devant Schoger ; Lipman entra et referma derrière lui la haute et lourde porte.

La vaste pièce était meublée en ronce de noyer.

Les meilleurs ouvriers du ghetto avaient fabriqué ces meubles pour Schoger.

« En échange de quoi lui avons-nous fait ce mobilier ? se demanda Lipman. Nous lui avons fait bien des cadeaux, mais ce mobilier... »

Il plissa le front et se souvint.

« Pour l'Estonie... Oui, oui, pour l'Estonie. Il voulait expédier une partie des hommes valides dans un camp d'Estonie. Nous lui avons offert cet ensemble de noyer et il n'a touché personne. Oui, oui, pour l'Estonie... »

Le long du mur où s'ouvraient trois fenêtres il aperçut une longue table incrustée de cases sombres et claires. Dix échiquiers. La case claire en hêtre, la case sombre en acajou, une claire en hêtre, une sombre en acajou.

« Cette table-là, se souvenait Lipman, c'était plus tard. Oui, plus tard, quand il a voulu rogner sur la ration. Il voulait la rogner de moitié, mais n'en a pris qu'un petit peu. »

En ce moment, cinq officiers de l'état-major de Rosenberg étaient assis à la table. Anxieusement, ils contemplaient les pièces disposées devant eux. Schoger, hilare, allait et venait de l'autre côté de la table, passant d'un officier à l'autre et manipulait les pièces. Il jouait cinq parties simultanément.

Quand la porte s'ouvrit et se referma, Schoger tourna la tête.

Ce n'est pas Lipman qu'il regardait, mais sa vieille casquette graisseuse.

L'espace d'un instant Lipman hésita, mais ne la retira pas.

La première fois que Lipman ne se découvrit pas, Schoger lui fit donner dix coups de fouet. C'était toujours le fil d'acier enveloppé de cuir tors.

– C'est la coutume de chez nous, dit Lipman. Je ne peux pas faire autrement.

Quand Lipman ne se découvrit pas la deuxième fois, Schoger ordonna quinze coups de fouet. Le fouet était le même.

– C'est... la coutume..., répondit Lipman. Je ne peux pas faire autrement.

La troisième fois, Schoger ordonna vingt coups et compta lui-même.

Quand Lipman se releva du banc, il dit à Schoger :

– C'est... la coutume... Je ne peux pas faire autrement.

Alors Schoger compta encore cinq coups, et s'en alla en ricanant.

De nouveau, cette fois-ci, il regardait la casquette de Lipman. Lipman n'hésita qu'un instant, mais ne retira pas sa casquette. Schoger ne dit rien.

Schoger continuait de déplacer les pièces, comme si c'eût été un jeu d'enfants et non des échecs ; il passait en souriant d'un partenaire à l'autre, jouait sans presque réfléchir, et pourtant, ses adversaires abandonnaient l'un après l'autre.

Schoger remercia les officiers, ils claquèrent des talons et se retirèrent.

Alors, il s'assit sur la table, sur l'un des échiquiers, le premier ou le deuxième, sur les petites cases – les claires en hêtre, les sombres en acajou – et regarda Lipman.

– Viens plus près, dit-il.

Lipman s'approcha.

– Les fils de garce, dit Schoger. Pas un n'a gagné.

– Pas un n'a gagné, répéta Lipman, comme un écho.

– Tu as vu comme je leur ai réglé leur compte ? Tu as vu comme ils abandonnaient ? Sacré nom ! Et pourtant, il y en avait un qui aurait pu gagner. Celui du milieu. Tu le connais ?

– Non, je ne le connais pas.

– Il aurait pu gagner, seulement il fallait sacrifier la reine, et il a eu la frousse. Ha, ha, ha ! Tu sais ce que je vais te dire, Lipman ? Celui qui veut jouer aux échecs doit avoir la tête juive.

Il s'esclaffa de plus belle.

– Il faut croire que j'ai la tête juive. Hein, Lipman ? Qu'en penses-tu ?

En silence, Lipman détourna les yeux.

Schoger regarda la vieille casquette fatiguée, dont la visière ne cachait pas les rides réunies autour des yeux et dit :

– Je savais que vous viendriez me trouver aujourd'hui. Tu es venu de toi-même, ou bien c'est le conseil qui t'envoie ?

– C'est le conseil qui m'envoie.

– Monsieur le commandant ! le rabroua Schoger.

– ... monsieur le commandant.

– Alors, qu'est-ce que tu me veux ?

– Je veux vous prier de ne pas emmener les enfants, monsieur le commandant.

– Nous ne les emmènerons pas loin, dans une maison d'enfants, répondit Schoger. Ils seront mieux là-bas. Là-bas, ils seront nourris, vêtus, vous n'avez donc pas à vous inquiéter.

– Le conseil veut qu'ils restent au ghetto. Le conseil vous prie de ne pas emmener les enfants, de les laisser vivre avec leurs parents, monsieur le commandant !

Schoger se taisait, Lipman poursuivit :

– Les gens espèrent que vous laisserez les enfants, monsieur le commandant. Et nous ferons quelque chose pour vous.

– Qu'est-ce que vous pouvez faire ? glapit Schoger. Qu'est-ce que vous pouvez faire encore ? J'ai tout ce qu'il me faut, je n'ai besoin de rien.

– Nous ferons...

– Tu ferais mieux de te taire, Lipman. Ne me demande rien. De toute façon, j'emmènerai les enfants demain. Tu sais à quoi je pense ? Je pense à tout autre chose. Je savais que vous viendriez aujourd'hui, mais je ne croyais pas que c'est toi qu'on enverrait. Je comptais recevoir la visite de Mirski. J'adore le faire rire, votre Mirski. Il a la barbe toute blanche, avec seulement quelques mèches noires çà et là. Il suffit de lui arracher quelques poils noirs pour qu'il se mette à me rire à la figure, ce Mirski.

Lipman se taisait.

– Pourquoi est-ce toi qu'on a envoyé ? Tu n'as ni enfants en bas âge, ni petits-enfants. Je ne comprends pas pourquoi c'est toi qui es venu, Lipman.

Lipman se taisait.

– Pourquoi es-tu venu ? Tu n'as pas de petits-enfants, n'est-ce pas ?

Alors Abraham Lipman dit :

– Tous les enfants sont nos enfants et mes enfants. J'ai beaucoup d'enfants.

– Monsieur...

– Oui, monsieur le commandant.

– Ça ne fait rien, tu perds ton temps.

– Nous vous...

– Attends, attends... Tu connais l'histoire du petit poisson d'or ? Eh bien, figure-toi que même si j'attrapais le petit poisson d'or, je n'aurais rien à lui demander. Sinon de jouer une partie d'échecs avec moi. Ha, ha, ha !

– Je vous en supplie, monsieur le commandant. N'emmenez pas les enfants. Ce sont nos derniers enfants, monsieur le commandant.

Schoger se tenait debout, accoté à la table, les jambes et les bras croisés, son visage aryen orgueilleusement levé.

Lipman ôta sa casquette.

Il l'ôta lentement et la froissa entre ses mains. Il baissa la tête très bas et articula :

– Monsieur le commandant, laissez-nous nos derniers enfants.

– Bon. – Schoger sourit largement. – Je suis d'accord, Lipman. Mais je ne suis pas pêcheur, ni toi petit poisson d'or. Les enfants, les enfants ! Je veux bien, à condition que ton fils Isaac joue aux échecs avec moi. Nous jouerons une partie, une seule. Et si...

Lipman tressaillit, mais ne détourna pas ses yeux du visage de Schoger.

– Entendons-nous, Lipman. Écoute attentivement. Très attentivement. S'il gagne, les enfants resteront au ghetto, mais je tuerai ton fils de ma propre main. S'il perd, il restera vivant, mais dès demain je fais emmener les enfants. Tu as compris ?

– J'ai compris, mais Isaac... Je n'ai plus que lui...

– Je n'y suis pour rien, Lipman, dit Schoger. Est-ce ma faute, si c'est toi qui es venu aujourd'hui au lieu de ce bouffon de Mirski. Ne te fais pas de mauvais sang, Lipman, Isaac peut perdre, et tout restera comme maintenant. Je ne te contrains pas, tu peux refuser, tu peux réfléchir. Je n'ordonne pas, je pose des conditions, voilà tout.

Lipman réfléchissait.

– Comment s'est-il fait que tu aies donné la vie à un tel fils, Abraham ? Il aurait pu devenir un joueur d'échecs célèbre, il aurait pu entrer en compétition avec Capablanca lui-même, tu sais. Tu t'en rends compte, Lipman ?

Lipman réfléchissait.

Il regardait toujours Schoger, son visage figé, puis il remit sa casquette.

– Bien, dit-il. Je suis d'accord. Mais vous avez oublié une possibilité, monsieur le commandant. Si la partie est nulle ?

– Tu ne comprends rien aux échecs, Lipman. Ton fils ne m'aurait pas posé une question pareille. Il est plus difficile de faire une partie nulle que de gagner ou de perdre. Non, il n'y aura pas de partie nulle. Mais je suis bon prince, Lipman. Si la partie est nulle... Si ton fils réussit à faire la partie nulle, il restera en vie et les enfants au ghetto. Tu es content ?

– Oui, répondit Lipman.

– Tu peux disposer.

– Isaac doit venir ici ?

– Non. Cette fois-ci, c'est moi qui irai. Pour que tout le ghetto nous voie jouer.

– Bien, monsieur le commandant.

Lipman se retourna pour partir.

Il était déjà à la porte et avait saisi la poignée de bronze.

Schoger le rattrapa et lui donna une tape sur l'épaule.

– Écoute, Lipman, je vais te dire tout franc : puisque tu tiens tellement à garder ton chapeau, tâche de garder ton fils aussi. Conserve-lui son chapeau et la tête par la même occasion. Tu as compris, Lipman ?

Abraham Lipman ne répondit pas.

De nouveau, la rue aux pavés cahotants dansait devant les yeux.

Lipman rentrait au ghetto lentement, traînant la jambe.

– Hé là, vieux canasson, hurlait le Polizei. Grouille-toi. Mon quart est fini depuis longtemps, je n'ai pas l'intention de me promener avec toi comme avec une demoiselle.

Lipman faisait semblant de ne pas entendre.

Le policier fit glisser son arme de la bandoulière et donna un coup de crosse dans le dos de Lipman. Mais Lipman ne pressait pas l'allure.

Sans doute, une merveilleuse soirée d'automne était proche ; sans doute, le soleil achevait sa route, allongeant l'ombre des maisons, des arbres et des hommes, sans doute, dans les petits enclos des faubourgs les fleurs somptueuses de l'automne s'épanouissaient sous les fenêtres, et la brume du soir, innombrables gouttelettes grises, s'amassait au-dessus de la rivière.

De retour au ghetto, Abraham Lipman fit venir son fils.

Isaac écouta son père en silence.

– Tu as tout compris, fils ? demanda le père.

– Oui, répondit-il.

– Tu as mal écouté, je crois. Je vais répéter...

– Inutile.

– Tu ne m'en veux pas ?

– Comment est-ce que je pourrais en vouloir à mon père ?

– Viens plus près, dit le père. Je veux te regarder dans les yeux encore une fois.

Isaac s'approcha.

Le fils et le père se regardaient.

– Père, dit Isaac. Tu te souviens comme tu me chatouillais, quand j'étais petit ?

– Oui, je m'en souviens.

– À l'époque, ta barbe n'était pas encore blanche.

– Les gens vieillissent, mon petit.

– Maintenant non plus, elle n'est pas tout à fait blanche. Grisonnante seulement.

– Je sais comment je suis maintenant. Lève la tête.

Le fils leva la tête.

Le père saisit sa barbe blanchissante, s'approcha et chatouilla la joue de son fils.

– Ta barbe chatouille tout à fait comme dans le temps, dit Isaac.

Mais, maintenant, il ne riait pas aux éclats comme dans le temps.

Alors le père étreignit son fils et lui dit :

– Souviens-toi, tu dois penser à toi. Tu es capable de faire une partie nulle, n'est-ce pas ?

– Ne crains rien, père, je ferai pour le mieux.

– Je sais, dit Abraham Lipman.

Il se haussa sur la pointe des pieds, embrassa le front et les yeux de son fils.

– Je sais que tu feras pour le mieux, répéta-t-il.

15

Cinquante-deuxième coup

1

Isaac n'écoutait plus Schoger. Celui-ci venait de jouer le pion.

Restait à faire le dernier coup.

Lequel ?

En cet instant, la partie pouvait être nulle par échec perpétuel.

En cet instant, si les blancs jouaient le cavalier, ils pouvaient gagner.

Les blancs avaient le choix entre deux coups, les derniers.

2

J'ai longtemps attendu mon père. Quand il s'en va au conseil du ghetto ou chez Schoger, je dois toujours l'attendre longuement et patiemment.

Il est rentré et nous avons causé. Je sens encore sur mon front ses lèvres sèches, mangées de barbe, mais je suis pressé, la dalle de pierre polie m'attend.

Esther m'attend. La cour, le rondin et la caisse de bois nous attendent, elle et moi.

Je me suis lavé et j'ai enfilé ma chemise bleue.

Rien n'est vrai.

Il n'y a personne tout autour.

Je suis Schimek.

Esther est Bouzia.

Schimek court pour retrouver sa Bouzia.

Aujourd'hui nous sommes assis côte à côte. Je suis sur le rondin, elle aussi. Mes mains me semblent longues et inutiles. Elles me gênent, je ne sais qu'en faire. Bouzia est assise à côté de moi, sa tête sur mon épaule, ses épais cheveux cendrés sont dispersés en vagues sur ma poitrine.

– Je ne veux pas, dit-elle, je ne veux pas que tu sois Schimek et que je sois Bouzia. Ton histoire finit tristement. Tu te rappelles comment elle finit ?

– Oui : « Ne m'obligez pas à vous raconter la fin de mon roman. La fin, si bonne soit-elle, est toujours un accord triste. Le commencement, si triste fût-il, vaut mieux que la plus belle fin. Voilà pourquoi j'ai bien moins de peine à vous raconter cette histoire encore une fois, depuis le commencement. J'avais un frère Benia, il... »

– Assez !

Esther me secoue le bras.

– Assez, Izia.

– Bien.

– Tu n'es plus Schimek, non ?

– Non.

– Je ne suis plus Bouzia ?

– Non.

– Tu es Izia, mon Izia, et je suis Esther.

– Mon Esther.

Elle se serre encore plus contre moi. Elle caresse mes cheveux coupés ras. Elle colle son visage contre mon épaule, et cela lui fait sûrement mal, parce que j'ai les épaules pointues.

Pourquoi mes mains me semblent-elles si longues et inutiles ? Elles me gênent, je ne sais qu'en faire, j'ai peur de remuer les mains.

– Esther, dis-je.

– Tu veux me dire quelque chose ?

– Oui.

– Alors, dis-le, qu'est-ce que tu attends ?

Je me décide.

Je prends sa tête entre mes mains. Mes mains sont grandes, rugueuses, son visage est menu, et il n'y a pas de diablotins dans ses yeux, ni rieurs ni tristes.

D'elles-mêmes, ses lèvres s'approchent des miennes et je chuchote, d'une voix qui tremble.

– Esther... J'ai promis à Janek de ne pas te faire de peine.

– Est-ce que tu me fais de la peine ?

Elle me demande cela, et ses lèvres sont tout près. Elles sont éclatantes comme des rubans écarlates et si proches que je sens leur odeur.

– Esther, dis-je encore une fois.

Nous nous taisons de nouveau.

Il ne faut rien dire de plus.

Nous nous taisons longuement.

Les lèvres d'Esther sont douces comme le miel.

Les joues d'Esther sont soyeuses comme le velours.

Les yeux d'Esther sont humides et ses larmes sont salées.

Mes mains étreignent Esther. Elles sont si nécessaires, en ce moment, mes mains, et je ne peux pas les arracher. Mais il le faut, il le faut, il le faut. J'entends une voix qui m'appelle, tout doucement.

Oui, c'est Janek.

– Izia, dit tout bas Janek. C'est l'heure. Il faut venir.

– Pourquoi ?

Je sais pourquoi. Je demande uniquement pour ne pas avoir à me lever et partir.

– L'échiquier est prêt, les gens attendent et Schoger est arrivé. On te cherche partout.

– Allons, dis-je. Allons, ami.

Nous allons.

Je ne me retourne pas, pour ne pas voir le rondin et Esther seule.

J'ai peur de la regarder pour ne pas sentir le goût d'yeux mouillés et de larmes.

– Viens, viens, dit Janek.

Je viens, qu'est-ce qu'il me veut ?

Nous marchons en silence et je vois que Janek baisse la tête. Il veut me dire quelque chose, mais ne se décide pas.

– Vas-y, Janek, dis-je pour l'encourager.

Il me regarde avec les yeux graves d'un vieillard.

– N'oublie pas, Izia, que cette nuit, à minuit précis, nous partons dans la forêt.

– Ne crains rien, je n'oublierai pas.

Janek baisse de nouveau la tête, et je comprends qu'il voulait me dire autre chose.

Parle, Janek, parle donc.

– Izia, articule péniblement Janek. Je te dirai après, nous n'avons plus le temps. Je te dirai dans la forêt. Seulement je voudrais te demander... Tâche que je n'aie pas besoin de te chercher...

– N'aie pas peur. Tu veux que je fasse partie nulle, Janek ?

– Oui, je veux que la partie soit nulle.

– Je tâcherai. Je ferai tout mon possible, ne crains rien.

– Bon, dit Janek.

Il est content, il est heureux.

Bien sûr, je dois faire partie nulle, et cette nuit, à minuit, nous gagnons la forêt.

Partie nulle.

Vive la partie nulle.

16
Dernier coup

Les blancs avaient le choix entre deux coups.

« Si je pouvais fermer les yeux, et si un autre, invisible ange gardien, saisissait la pièce à jouer... *Cette fois-ci* je n'ai pas le droit de me tromper. Je n'ai pas à me presser. Je peux réfléchir tranquillement et choisir : partie nulle ou victoire. Je vais prendre mon temps. Il vient seulement de réaliser, lui, que je peux gagner... »

Schoger regarda son adversaire dans les yeux, bondit de sa chaise et cria à la foule massée tout autour :

– Posez les lampes et reculez-vous ! Plus loin ! Encore plus loin !

La foule ne fit pas un mouvement et le cercle autour de la tache de lumière ne s'élargit pas. Les hommes se taisaient et ne détachaient pas leurs regards des deux figures vivantes.

D'un geste violent, Schoger rapprocha sa chaise, s'affala sur la table et proféra doucement, de façon à être entendu du seul Isaac :

– Ce n'est plus une loterie... Tout est clair, tu n'as pas le choix, fais échec perpétuel.

La peau blême sur le front et sous les cheveux rares de Schoger frissonnait, ses oreilles remuaient convulsivement.

« Maintenant, pensait Isaac Lipman, je peux me lever et cracher. Cracher dans ta sale gueule d'Aryen, cracher sur ces cheveux roux qui bougent. Mais cracher, c'est facile. J'aimerais être Indien pour couper ton scalp visqueux, c'est là que je serais content. Ne crains rien, je ne cracherai pas. L'important, c'est qu'aujourd'hui comme toujours, je suis maître de la situation. Deux coups sont possibles, et je peux choisir. Mais je ne peux pas me tromper, cette fois-ci je n'ai pas le droit. »

Schoger était affalé sur la table.

Jusqu'à la ligne des sourcils, son visage était calme, figé. Les commissures des lèvres ne frémissaient pas, ses joues non plus, il ne cillait pas et le regard de ses yeux était froid comme une tombe en hiver. Seul le scalp lisse et roux remuait sans arrêt.

« Je ne savais pas que c'était si difficile de choisir entre deux coups », se disait Isaac.

Il voyait devant lui les oreilles mobiles de Schoger.

Il se détourna. Mais, de nouveau, il aperçut la peau du front parcourue de frissons.

– Je vais te dire la vérité, annonça Schoger d'un ton solennel, oubliant qu'on l'écoutait. De toute façon, il n'y a pas moyen de sauver les enfants. Ce n'est que toi-même que tu peux sauver.

Isaac ferma les yeux.

Devant ses yeux fermés, tout bougeait séparément : les oreilles, les cheveux, la peau du front.

Il ouvrit les yeux : de nouveau, en face de lui, le scalp tressaillait, et, tout autour, des hommes. Ils attendaient, tendus en avant, et avançaient lentement vers les joueurs.

Il comprit qu'un seul des deux coups était le bon.

La main qui hésitait entre deux pièces saisit le cavalier, le cheval blanc, une pièce d'échecs inerte, le serra entre ses doigts et le posa sur une case vide. Il fallait dire à Schoger : « Échec et mat », mais il avait la gorge sèche, d'autres paroles l'obstruaient qui devaient sortir.

Isaac Lipman se redressa et dit calmement :

– Tu as perdu.

Schoger bondit, il n'arrivait pas à ouvrir l'étui de son revolver.

Lorsqu'il l'eut enfin ouvert, un silence effrayant écrasa la ville et le monde entier.

Alors, Schoger s'avisa qu'il était dans un étau. Une muraille l'entourait de toutes parts. Une muraille vivante, homme contre homme. Personne ne pouvait se frayer un chemin à travers cette muraille.

Il ferma les yeux, les rouvrit et vit que l'étau se resserrait. La piste du cirque disparut soudain sous ses pieds. Le prestidigitateur et sa baguette magique avaient eux aussi disparu. La muraille vivante marchait sur lui, toujours plus près, plus rien ne pouvait l'arrêter, et ce n'était plus une muraille, mais un nœud coulant qui allait tout à l'heure se serrer.

Au milieu il y avait toujours le jeu d'échecs, les lampes jetaient une lueur vive... Schoger eut encore le temps de porter ses mains à sa gorge.

Puis il n'y eut plus ni jeu d'échecs ni lampes – la muraille vivante s'était refermée. L'étau n'était plus.

La fin, un accord triste ?

Le commencement, même triste, vaut-il mieux que la plus belle fin ?

Il arrive que le début soit une fin, et la fin seulement un début.

Savez-vous comment brille le soleil du printemps ? Vous ne savez sûrement pas comment il brille. Vous n'avez pas vu sourire Esther.

Le soleil du printemps brille comme le sourire d'Esther. Et son sourire est aussi radieux que le soleil du printemps.

Table

DU MÊME AUTEUR
AUX ÉDITIONS STOCK

Sur quoi repose le monde

Littérature étrangère

La Cosmopolite

(Collection créée par André Bay)

(Extrait du catalogue)

Kôbó ABÉ	*L'Homme-Boîte.*
André ACIMAN	*Adieu Alexandrie.*
Peter ACKROYD	*Le Dossier Platon.*
Louz ALECHKOVSKI	*Confession du bourreau.*
	Le Kangourou.
Jorge AMADO	*La Bataille du Petit Trianon.*
	La Boutique aux miracles.
	Doña Flor et ses deux maris.
	Gabriela, Girofle et Cannelle.
	Les Pâtres de la nuit.
	Tieta d'Agreste.
	Tocaia Grande.
	Le Vieux Marin.
	Yansan des Orages.
	Tereza Batista.
	La Découverte de l'Amérique par les Turcs.
	Cacao.
Reinaldo ARENAS	*La Couleur de l'été.*
	L'Assaut.
Sawako ARIYOSHI	*Kaé ou les deux rivales.*
	Les Dames de Kimoto.
	Les Années du crépuscule.
Najwa BARAKAT	*Le bus des gens bien.*
Paolo BARBARO	*Îles perdues.*
	La Maison aux lumières.
	Une entreprise sans fin.
Pat BARKER	*Un autre monde.*
Julian BARNES	*Le Perroquet de Flaubert.*
	Une histoire du monde en 10 chapitre 1/2.

	Le Soleil en face.
Mario BELLATIN	*Salon de beauté.*
Marco BERISSO	*La Vérité sur Fabio.*
Louis de BERNIÈRES	*La Guerre des fesses de don Emmanuel.*
	Señor Vivo et le baron de la coca.
	La Calamiteuse Progéniture du cardinal Guzman.
Breyten BREYTENBACH	*Confession véridique d'un terroriste albinos.*
	Mouroir.
André BRINK	*Au plus noir de la nuit.*
	Le Mur de la peste.
	Rumeurs de pluie.
	Un instant dans le vent.
	Un turbulent silence.
	Une saison blanche et sèche.
	L'Ambassadeur.
	États d'urgence.
	Un acte de terreur, tome 1 : Nina.
	Un acte de terreur, tome 2 : Lisa.
	Adamastor.
	Tout au contraire.
	Les Imaginations du sable.
	Le Vallon du Diable.
	Les Droits du désir.
	Au-delà du silence.
Jerome CHARYN	*Frog.*
	Le Nez de Pinocchio.
Raphaël CONFIANT	*Le Gouverneur des dés.*
Franco CORDELLI	*Pinkerton.*
Zhou DAXIN	*Les Marches du mandarinat.*
Don DELILLO	*Bruit de fond.*
	Libra.
Anita DESAI	*Un héritage exorbitant.*
	Le Feu sur la montagne.
	Le Bombay de Baumgartner.
Tove DITLEVSEN	*Visages.*
	Printemps précoce.
Margaret DRABBLE	*Le Milieu de la vie.*
	Le Poing de glace.

	La Voie radieuse.
Shusaku ENDO	*Scandale.*
Fang FANG	*Soleil du crépuscule.*
	Début fatal.
Rosario FERRÉ	*Liens excentriques.*
Penelope FITZGERALD	*La Porte des anges.*
	La Libraire.
	La Fleur bleue.
Ronald FRAME	*Un long week-end avec Marcel Proust.*
	La Femme du médecin.
Tomomi FUJIWARA	*Le Conducteur de métro.*
	Ratage.
	L'Amour du crime.
Adelaïda GARCIA MORALES	*El Sur* suivi de *L'Histoire de Bené.*
Witold GOMBROWICZ	*Les Envoûtés.*
Robert GRAVES	*King Jesus.*
	La Fille d'Homère.
	Les Îles de la déraison.
Romesh GUNESEKERA	*Retour à Ceylan.*
Helena GUSHI-KADARÉ	*Une femme de Tirana.*
Mark HELPRIN	*Conte d'hiver.*
	Ellis Island.
	Un soldat de la Grande Guerre.
	Mémoires à l'abri des fourmis.
Kazik HENTCHEL	*Entretiens avec les fleurs.*
Yasushi INOUÉ	*Histoire de ma mère.*
	Le Faussaire.
	Combat de taureaux.
	Confucius.
	Le Maître de thé.
	La Chasse dans les collines.
	Paroi de glace.
	Le Fusil de chasse.
	Les Dimanches de monsieur Ushioda.
	Pluie d'orage.
	Au bord du lac.
Henry JAMES	*Un portrait de femme.*
	Visites de fantômes.

Yoram KANIUK	*Adam ressuscité.*
	La Vie splendide de Clara Chiato.
Jack KEROUAC	*Maggie Cassidy.*
Ken KESEY	*Vol au-dessus d'un nid de coucou.*
Pär LAGERKVIST	*L'Exil de la terre.*
Sibylle LEWITSCHAROFF	*Pong.*
Penelope LIVELY	*Serpent de lune.*
Carson MCCULLERS	*Le cœur est un chasseur solitaire.*
	Écrivains, écriture et autres propos.
	Frankie Addams.
	La Ballade du café triste.
Indira MAHINDRA	*Dernier acte.*
Icchokas MERAS	*Sur quoi repose le monde.*
Gabriel MIRÓ	*L'Évêque lépreux.*
Taghi MODARRESSI	*Le Livre de ceux qui sont partis.*
	Le Protocole du pèlerin.
Charles MORGAN	*Sparkenbroke.*
Taslima NASREEN	*Lajja.*
	Un retour suivi de *Scènes de mariage.*
	Une autre vie.
	Une jeune femme en colère.
	L'Alternative.
	Enfance, au féminin.
Anaïs NIN	*Journal, tomes I, II, III, IV, V, VI, VII.*
	Inceste.
	Le Feu.
	Comme un arc-en-ciel.
	Les Chambres du cœur
Joyce Carol OATES	*Amours profanes.*
	Aile de corbeau.
	Haute Enfance.
	La Légende de Bloodsmoor.
	Marya.
	Le Jardin des délices.
	Mariages et Infidélités.
	Le Pays des merveilles.
	Une éducation sentimentale.
	Bellefleur.
	Eux.

	L'Homme que les femmes adoraient.
	Les Mystères de Winter thum.
	Souvenez-vous de ces années-là.
	Cette saveur amère de l'amour.
	Solstice.
	Le Rendez-Vous.
	Le Goût de l'Amérique.
	Confessions d'un gang de filles.
	Corky.
	Zombi.
	Nous étions les Mulvaney.
	Man Crazy.
	Blonde.
	Mon cœur mis à nu.
	Johnny blues.
Kenzaburo OÉ	*Une affaire personnelle.*
Amos OZ	*Les Terres du chacal.*
PARIJAT	*La Fleur bleue du jacaranda.*
Jia PINGWA	*Le Porteur de jeunes mariées.*
	La Capitale déchue.
	Le Village englouti.
Danko POPOVIC	*Le Livre de Miloutine.*
Anthony POWELL	*Le Roi pêcheur.*
Ruth PRAWER JHABVALA	*Angel et Lara.*
	Échardes de mémoire.
Rachel DE QUEIROZ	*Dôra Doralina.*
	Jean Miguel.
Erich Maria REMARQUE	*À l'Ouest rien de nouveau.*
	La Femme de Josef.
	Arc de triomphe.
Felix ROZINER	*Un certain Finkelmayer.*
Frančej RUDOLF	*Cartes brouillées.*
Vita SACKVILLE-WEST/ Virginia WOOLF	*Correspondance.*
Dori SANDERS	*Le Jour où Papa a épousé Sara Kate.*
	La Maison de Mae Lee.
Arthur SCHNITZLER	*Berthe Garlan.*
	Vienne au crépuscule.
Mihail SEBASTIAN	*Depuis deux mille ans.*

	Journal (1935-1944).
William SHAKESPEARE	*Élégie funèbre.*
Isaac Bashevis SINGER	*Au tribunal de mon père.*
	Amour tardif.
	Le Beau Monsieur de Cracovie.
	Le Blasphémateur.
	Contes.
	La Couronne de plumes.
	L'Esclave.
	Le Magicien de Lublin.
	Le Manoir.
	Le Domaine.
	La Mort de Mathusalem.
	Passions.
	Le Pénitent.
	Shosha.
	Un jeune homme à la recherche de l'amour.
	Perdu en Amérique.
	Conversations.
	Le Fantôme.
	Le Roi des champs.
Rosamond SMITH	*L'Amour en double.*
Tom SPANBAUER	*L'Homme qui tomba amoureux de la lune.*
Latife TEKIN	*Contes de la montagne d'ordures.*
	Chère défunte...
	Épées de glace.
Rupert THOMSON	*Les Cinq Portes de l'enfer.*
	L'Église de Monsieur Eiffel.
	Le Traumatisme.
	Soft.
	Rupture.
Violet TREFUSIS	*Il court, il court...*
	Lettres à Vita.
Yasutaka TSUTSUI	*Les Cours particuliers du professeur Tadano.*
	Le Censeur des rêves.
Frédéric TUTEN	*Tallien : une brève histoire d'amour.*
Anne TYLER	*À la recherche de Caleb.*

	Le Déjeuner de la nostalgie.
	Morgan l'insaisissable.
	Toujours partir.
	Le Voyageur malgré lui.
Fred UHLMAN	*Il fait beau à Paris aujourd'hui.*
	Sous la lune et les étoiles.
	La Lettre de Conrad suivi de *Pas de résurrection, s'il vous plaît.*
Sigrid UNDSET	*Christine Lavransdatter :*
	La Couronne.
	La Maîtresse de Husaby.
	La Croix.
Abhimanyu UNNUTH	*Sueurs de sang.*
Birgit VANDERBEKE	*Le Dîner de moules.*
	Apocalypse non !
	Guerre froide.
	Je veux mon meurtre.
	Alberta reçoit un amant.
	Devine ce que je vois.
Laurens VAN DER POST	*Furyo.*
Étienne VAN HEERDEN	*Le Domaine de Toorberg.*
David VOGEL	*La Vie conjugale.*
Franz WERFEL	*Cella ou les Vainqueurs.*
	Une écriture bleu pâle.
Angus WILSON	*Embraser le monde.*
Virginia WOOLF	*Journal, tomes I, II, III, IV, V, VI, VII, VIII.*
	Instants de vie.
	Journal d'adolescence.
	Orlando.

Imprimé en France
Décembre 2010
10334FR00002B/7/P

9 782234 056107